共和国故事

能源动脉

——大秦铁路施工建设与胜利竣工

张学亮 编写

吉林出版集团股份有限公司

图书在版编目（CIP）数据

能源动脉：大秦铁路施工建设与胜利竣工/张学亮编. ——

长春：吉林出版集团股份有限公司，2009.12

（共和国故事）

ISBN 978-7-5463-1892-9

Ⅰ．①能… Ⅱ．①张… Ⅲ．①纪实文学 – 中国 – 当代 Ⅳ．①I25

中国版本图书馆 CIP 数据核字（2009）第 237683 号

能源动脉——大秦铁路施工建设与胜利竣工

NENGYUAN DONGMAI   DAQIN TIELU SHIGONG JIANSHE YU SHENGLI JUNGONG

编写　张学亮

责任编辑　祖航　李娇

出版发行　吉林出版集团股份有限公司

印刷　三河市嵩川印刷有限公司

版次　2010 年 1 月第 1 版　　　　2022 年 1 月第 9 次印刷

开本　710mm × 1000mm　1/16　　　印张　8　字数　69 千

书号　ISBN 978-7-5463-1892-9　　　定价　29.80 元

社址　吉林省长春市福祉大路 5788 号

电话　0431 – 81629968

电子邮箱　tuzi8818@126.com

前　言

自 1949 年 10 月 1 日中华人民共和国成立至今,新中国已走过了 60 年的风雨历程。历史是一面镜子,我们可以从多视角、多侧面对其进行解读。然而有一点是可以肯定的,那就是,半个多世纪以来,在中国共产党的领导下,中国的政治、经济、军事、外交、文化、教育、科技、社会、民生等领域,都发生了深刻的变化,中国人民站起来了,中华民族已屹立于世界民族之林。

60 年是短暂的,但这 60 年带给中国的却是极不平凡的。60 年的神州大地经历了沧桑巨变。从开国大典到 60 年国庆盛典,从经济战线上的三大战役到经济总量居世界第三位,从对农业、手工业、资本主义工商业的三大改造到社会主义市场经济体制的基本确立,从宜将剩勇追穷寇到建立了强大的国防军,从废除一切不平等条约到独立自主的和平外交政策,从"双百"方针到体制改革后的文化事业欣欣向荣,从扫除文盲到实施科教兴国战略建设新型国家,从翻身解放到实现小康社会,凡此种种,中国人民在每个领域无不留下发展的足迹,写就不朽的诗篇。

60 年的时间在历史的长河中可谓沧海一粟。其间究竟发生了些什么,怎样发生的,过程怎样,结果如何,却非人人都清楚知道的。对此,亲身经历者或可鲜活如昨,但对后来者来说却可能只是一个概念，对某段历史的记忆影像或不存在，或是模糊的。基于此，为了让年轻人，特别是青少年永远铭记共和国这段不朽的历史，我们推出了这套《共和国故事》。

《共和国故事》虽为故事，但却与戏说无关，我们不过是想借助通俗、富于感染力的文字记录这段历史。在丛书的谋篇布局上，我们尽量选取各个时代具有代表性或深具普遍意义的若干事件加以叙述，使其能反映共和国发展的全景和脉络。为了使题目的设置不至于因大而空，我们着眼于每一重大历史事件的缘起、过程、结局、时间、地点、人物等，抓住点滴和些许小事，力求通透。

历史是复杂的，事态的发展因素也是多方面的。由于叙述者的视角、文化构成不同，对事件的认知或有不足，但这不会影响我们对整个历史事件的判断和思考，至于它能否清晰地表达出我们编辑这套书的本意，那只能交给读者去评判了。

这套丛书可谓是一部书写红色记忆的读物，它对于了解共和国的历史、中国共产党的英明领导和中国人民的伟大实践都是不可或缺的。同时，这套丛书又是一套普及性读物，既针对重点阅读人群，也适宜在全民中推广。相信它必将在我国开展的全民阅读活动中发挥大的作用，成为装备中小学图书馆、农家书屋、社区书屋、机关及企事业单位职工图书室、连队图书室等的重点选择对象。

编　者

2010 年 1 月

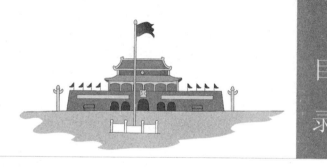

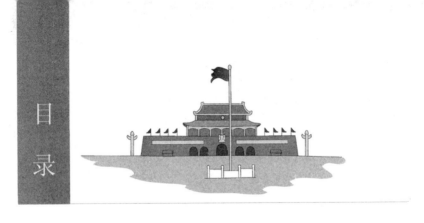

目 录

一、作出决策

● 胡耀邦指出：“如果国家的重点建设得不到保证，能源、交通等基础设施上不去，国民经济的全局就活不了，各个局部的发展就必然受到很大限制。”

● 要煤的信件、电报就像雪片一样飞向大同矿务局和大同铁路分局。一间间办公室里坐满了等着要煤的人。

● 郭洪涛提出：“铁路牵引动力要积极发展电气化，货车要向大型化、标准化、专业化发展。”

大同成为全国关注焦点

1983 年 10 月 8 日，国务院向国家计委、经委、体改委、山西能源基地规划办公室负责人，以及铁道部、煤炭部、交通部、冶金部、化工部等部门领导发布命令：

国内要坚决烧煤！烧油的要抓紧改过来，挤出石油出口！油改煤要坚定不移！除几家特许的电站外，国家不再调给油。不能因为电不够，又来烧油。

这样一来，煤炭就成了中国的能源支柱和核心。而产煤大省山西，尤其是大同，立刻成为全国关注的焦点。

对于能源建设，叶剑英在 1979 年庆祝中华人民共和国成立 30 周年大会上曾经说：

要坚决缩短基本战线，集中力量加快农业、轻纺工业和燃料能力、交通运输等薄弱环节的生产建设。

叶剑英的话讲过三四年了，整个农业和轻纺工业得到相当程度的改观。但是，燃料能源和交通运输等薄弱环节并没有得到相应的改观，而且更加显得薄弱。

胡耀邦也在 1982 年召开的中国共产党第十二次全国代表大会上指出：

> 如果国家的重点建设得不到保证，能源、交通等基础设施上不去，国民经济的全局就活不了，各个局部的发展就必然受到很大限制。

从这一年起，中国从每年在建的农业、能源、交通、通讯、重要原材料以及科教文卫等与人民物质文化生活紧密相关的项目中，选择一批作为国家重点项目，按合理工期组织建设，希望能够带动和影响全局。在随后的 9 年中，中央一共安排了 340 多个项目，其中能源占了突出地位。

在石油方面，中国有大庆油田、长庆油田、大港油田、胜利油田、中原油田等。这些油田生产的石油，足够满足当时中国燃料动力的需要。

但是，中国却一直处在贫穷阶段，而绝不能像发达的工业化国家那样大把花钱、大桶耗油。

有专家分析说：

> 这是因为所有农业、轻纺业、日用消费业所急需的基础设施建设，必须要有大量的外汇投入。而中国实现现代化所需要的先进技术和

先进设备，甚至包括开采石油本身的设备，都
需要用外汇去换取。

因此，中国必须用石油来换取外汇。

中国虽然是石油生产国，但现实却使中国不能成为石油使用国。

山西素有"煤都"之称，人们经常看到，一辆又一辆汽车呼啸着在通往大同矿区的公路上奔驰着。这些汽车都是匆忙地向外运煤。

从山西出来拉满煤的汽车驰过后，路上掠起缕缕粉末，日久天长，公路两边撒满了厚厚的黑色的粉末。当地人说："这全是好煤，把它们扫成堆，运回家去，只要往炉子里一丢，就会旺旺地燃烧起来。"

大家还看到，整个大同市的每家每户的烟囱里都在冒着烟，几乎每家每户的院子角落里都堆着煤块。

一到晚上，天地一片黑暗的时候，远处那些矿山的灯火便显得格外壮观，那些灯组成一条蜿蜒的火龙，就像天上的星河一样无边无际。

早在明清时期，大同"口泉大块"就在全国赫赫有名，这是中国煤炭最早的品牌，北京、天津一带的煤商都用"口泉大块"作为招徕顾客的商标。时至今日，大同的老人们说起"口泉大块"来依然津津乐道。

大同煤不但品质好，储量丰富，而且具有优越的开采条件。它的煤层离地表很近，开凿井筒一般只要凿下

60 米至 100 米就能见煤，最深的部分也不超过 400 米，因此，建井快、投资少。大同煤田煤层倾斜度小，便于机械开采。大同煤田瓦斯量少，地下水少，排水设备功率小。

大同煤被称为"世界动力煤细粮"，是加工转化成煤化工产品的好原料，且硬度高，运输方便。

大同煤业产品历史悠久，以至于形成后来的"大友"、"大沫"、"口泉"和"大有"四大煤炭产品品牌驰名国内外，市场占有率较高，有较强的市场竞争优势。

有人曾经报道过：

> 大同煤田面积共 1827 平方公里，煤炭蕴藏量 300 多亿吨。煤层厚度达 40 米，可采煤层近 30 层。而且，大同的煤灰分低、硫分低、磷分低，发热量高。近半个世纪以来，大同一直被全中国乃至全世界所注目。

还有人统计过："作为优质动力煤，大同煤驱动着全国四分之一的火车头，燃烧着全国十分之一的工业锅炉，供应全国 26 个省、市、自治区 6000 多家企业，并远销日本、巴基斯坦等国家。"

他们说："大同煤支撑的这 6000 多家企业，全是国家的骨干企业，全国四大电网中由能源部直接领导的热电厂，80% 以上由大同供煤。"

另外，还有钢铁企业和航天航空等特殊用煤，以及能源大消耗单位，就更离不开大同的供煤。

放眼世界，印度、苏联都在努力扩大原煤生产。苏联、波兰、南非的煤产量一直在持续增长。澳大利亚、哥伦比亚、委内瑞拉这些过去不引人注目的国家，也纷纷开发了新煤田，并且开采的煤主要用于出口。

1990 年，大同煤出口达 1200 多万吨，占全国出口煤炭的 87%，仅此一项，大同就为国家赚取了 5 亿多美元。

而以中国当时的工业水平来计算，一吨煤平均发电 3000 千瓦时，炼钢 3 吨，制合成氨 600 公斤，牵引客车 60 公里，产水泥 5 吨，染布 3000 米，烧砖 2 万块。

国家统计局统计，如果大同煤多提供 1000 万吨，就可以增加工业产值 200 亿元！

全国各地急等大同煤

大同煤的自燃状况十分严重。煤炭开采出来之后，便会到处堆积得如小山一样，它们自身便会聚集热量，加之高温天气，热量达到一定程度，就会自动燃烧起来。

而且，大同的煤质比一般煤更容易自燃，往往一燃就是一大片。

所以，大同的煤要尽快运出去！

但事实是，由于运力的限制，大同的煤不能在开采出来短时间内运出去。

于是，大同煤的产量受到限制：能运出去多少就开采多少。

这样，就有大量的煤田在焦急中等待着。

人们都把焦灼的目光盯住了大同铁路分局。人们都在疑惑：铁路是怎么啦？难道那么密集的钢轨、那么多先进的设备就都是摆设吗？

而大同铁路分局局长常国治却也有满腹的委屈说不出来，他对来询问的人说："历届铁道部的老部长、老领导对大同分局都有一个形象的评价，说我们是'倒霉分局'！连万里委员长也告诫我们说：记住，你们是'倒煤分局'。倒出去了煤，你们就不会倒霉。倒不出去煤，你们就得倒霉了。"

常国治说到这里，端起桌上的杯子喝了一口茶，苦笑了一下继续说："我们铁路一直是被告。运煤运得怎么样，这是对我们工作的一个最基本也是最重要的评价。大同煤之多之好，那是没说的。但大同的煤越多越好，对我们的压力就越大。"

有一年，大冶钢铁厂袁厂长来找常国治，对他说："我们大冶钢铁厂生产的是特殊钢，产品销路、经济效益没的说。我们盖起了3座招待所，漂亮极了。告诉你吧老常，每天来问我要钢的人络绎不绝。可我呢，却跑到你这儿来求援了。老常，多给我们运点儿煤呀！"

常国治理解袁厂长的心情：没有大同煤，他拿什么去炼特殊钢。

袁厂长刚走，上海市市长朱镕基也带着一些人来到大同，他们先是给大同铁路分局送了一面锦旗，上面写着：运煤哺暖申江。

朱镕基又表扬常国治说："常局长，你运煤任务完成得很好，我代表上海人民来感谢你，希望你运得更好，上海需要煤，需要得十万火急呀！"

常国治理解朱镕基的心情：上海那么多企业，那么多人口，如果断了煤，那还怎么得了！

煤炭部、铁道部、能源部、国家计委的领导经常在大同一待就是好长时间，为的就是解决运煤。

每年来这里送锦旗、慰问的领导也很多。其中，北京市是张百发带队来的，还有天津、江苏、浙江、辽宁、广东、山东等地也一样是主要领导带队。

常国治说："是我常国治比别人了不起，引得大家来看我吗？谁都明白不是这么回事！有时候我直搔头，这个鬼大同，怎么就有这么多煤，而且煤的生产能力这么强，你要多少煤，它就能产出来多少。再说了，中国怎么就只这么一个大同，如果再多几个不就更好了吗。唉，大同矿务局去年一年自燃的煤就达 1.75 万吨。我心里真是惭愧呀！"

常国治感慨道："煤炭用量大，大同生产能力大，却只是运输能力小。这叫作两头大中间小，我们就是这小的中间。"

其实，大同的铁路几十年前就诞生了，连同向周边辐射的所有大小公路，几乎都是由于运煤的需要而形成和发展的。

从清朝开始，到民国乃至日本侵略者侵占大同，就一直维持着这种态势。

新中国成立后，随着和平建设时期国民经济对能源需要的迅猛增长，大同地区的煤炭生产一直保持着飞跃发展的势头，这就迫使铁路交通必须相应地发展。

1952 年，大同铁路分局全年运输量为 280 万吨；1957 年为 693 万吨；1965 年为 1296 万吨；1978 年为 3061 万吨；1980 年为 3733 万吨……

大同铁路分局的压力不仅在于以往几十年中一直在持续增长，而更在于在此后的若干年中，这种压力会一直持续下去。

地下全是煤，而地上却没办法让这些煤运出去。为了解决这个让人日夜揪心的问题，大同铁路分局的各级干部和工人们费尽了心思。

他们将一般列车组合成超重超载的长大列车，每列车由原先 3000 吨的重量上升到饱和状态的 6000 吨甚至 7000 吨。

京包线上大同至张家口区段的上行电力机车单机牵引原来只有 3500 吨，大同铁路分局想尽办法提高到 4000 吨。仅此一项，全年就多运煤 487 万吨。

随后，支线的牵引定数由 1200 吨提高到 1500 吨，宁朔线由 1400 吨提高到 2500 吨。

为了多接快接空车装煤，他们对京包线大张段的下行列车采取在管区内中间站便中途摘机车，再返回张家口去拉空车的办法，使每一分钟都能抓紧。

同样，为了减少列车中途分解，加快到达，他们努力组织直达运输列车。

但是，所有这些努力仍然不能从根本上解决运煤的难题。两头大中间小的现象仍然压着大同铁路分局。

而且，华东、华南以及其他许多地区等煤盼煤的焦渴呼叫仍然持续并不断增强。

铁道部也深深地了解大同分局的难处，从新中国成立以来一直对大同分局予以特殊的关注。

常国治说："别看铁道部、北京局的领导天天咬着牙盯着我们，老实说，大同分局是他们的心尖子！不管别人清楚不清楚，反正我的心里有一本账。"

常国治又说："丁关根当铁道部部长的时候说：要把大同分局搞成全国铁路现代化的一个缩影。我们这里光设备就集中了世界上 9 个工业发达国家 24 家公司的。什么信号双向自动闭塞、光缆通讯、数字交换机等，什么先进就给什么。"

与此同时，北同蒲线太原以北线路复线电气化改选工程被列入国家重点项目破土动工。

朔县以北单线铁路凡不能满足需要的一律增建双线。云冈支线由于上下行线路平面交叉，影响列车通过能力，煤炭部和铁道部立即联合拨款建设下行立交桥和双线引入。

凡大同站区需要扩建，铁道部马上投资，线路需要延长，施工队伍马上开进。

但现实情况是：工业需要煤，民用需要煤，各行各业都呼喊煤。能源是工业起飞的翅膀，现在其他部位都养得壮壮的了，就等着起飞了，偏偏翅膀却长不起来。

有一段时间，要煤的信件、电报就像雪片一样飞向大同矿务局和大同铁路分局。一间间办公室里坐满了等着要煤的人。

四川告急：全省 6 大电厂库存煤只能维持 4 天。

厦门告急：部分工厂由于缺煤已经停产。

辽宁告急：副省长闻世震呼救，鞍钢缺煤，眼睁睁就要瘫痪！

吉林告急：副省长说，由于缺煤，供电不足，大批企业停产，全省8万职工正常收入失去保证。

上海告急：发电厂常常等待着煤船进港再组织发电，一季度工业生产竟出现负增长。

首都北京也一样，虽然离大同只有380公里，但由于煤炭供应紧缺，已经开始每天拉闸限电！限了三环路，又限二环路，最后竟限至中南海！

同时，催煤的信和电报也飞向了煤炭部、铁道部、山西省，最后竟直接飞向国务院。

其实，多少年来，在共和国总理们的案头、在国家计委的会议室、在铁道部长们的脑海中，一个宏伟的计划早已在悄悄地酝酿着，并逐渐冲破重重困难而诞生了。

郭洪涛提出铁路运输设想

1980 年，郭洪涛作为中国交通运输代表团团长，率领一批人到美国去考察。

他们先后访问了美国的运输部、能源部、商业部，以及诸多的煤炭、矿石码头和铁路运输公司。

大家发现，美国国土面积和中国差不多，但却有铁路 32 万公里，为中国的 6 倍。而且，这 32 万公里的铁路并不是美国交通运输的全部，它是在密如蛛网的公路、高速公路以及空中运输中存在的。

早在 1949 年 2 月北平解放，东北铁路总局局长陈云由哈尔滨南下。在他途经吉林的时候，郭洪涛向陈云提出，关内急需铁路干部，可否考虑将他调入关内工作。

陈云说要请求中央。

几天以后，东北局便通知郭洪涛去沈阳，又介绍他去北京。

当时，军委铁道部部长滕代远找到郭洪涛，希望他去北京铁路管理局当局长。

几十年中，郭洪涛不管工作位置变动了多少次，他的眼光始终关注着铁路发展，郭洪涛多次坦诚向中央提出自己对发展铁路运输的看法和建议。

1977 年，郭洪涛又向中央提出关于中国铁路实行现代化的一系列技术政策问题的意见。

在这份意见中，郭洪涛从铁路的机车、车辆的发展趋势，提高线路的载重量和行车速度等方面提出了自己的想法。

当时，郭洪涛就提出了在铁路上应用电子计算机、建立行车调变自动控制系统，以及编组站的调车作业自动化、运营管理自动化的大胆设想。

1980年，郭洪涛在美国考察时想到，在20世纪60年代以前，美国还在用普通货车拉煤，不仅运量小、成本高，而且也满足不了需要。

郭洪涛这时看到，从20世纪60年代起，美国却进行了一系列的改革。首先是采用长大列车，每列车连接100多甚至200多辆车，并且迅速改造车辆，使一辆车的载重量高达百吨。

考察团还意识到，美国和中国的铁路运输有许多相似之处。两国的煤炭产量都比较多，煤炭运量都占铁路货运量的三分之一以上，运输距离都比较长。

这一切，都使郭洪涛和每一位考察团成员不由得深思：为什么我们的思想不能够再解放一点，胆子再大一点呢？

1980年4月15日，郭洪涛在全国政协常委会讨论发展国民经济的长远规划时，他提出：

铁路牵引动力要积极发展电气化，货车要

向大型化、标准化、专业化发展。要加快改造老线、建设新线、积极组织长大列车等一系列措施，以解决运输生产的燃眉之急。

4 月 22 日，郭洪涛在为考察团写赴美考察总结报告中，正式向中央提出：

为了解决煤炭能源的运输问题，建议采用美国的长大列车运输方式，并相应地进行一系列配套改造建设。

1981 年 7 月 3 日，郭洪涛在国家科委召开的交通运输技术政策研究课题计划会议上，他更进一步提出：

选择适宜线路，如大同和秦皇岛港，进行调查研究，以便总结经验，为发展现代化的铁路运输方式做准备。

中央决定修建大秦铁路

1982 年 9 月，国务院领导视察京秦铁路开通运行以及秦皇岛港口建设。

当时，在回程的火车上，陪同的 4 个人分别是国家计委交通局局长张振和，铁道部基建总局副局长毛文礼，北京铁路局副局长郝顺铭，交通部基建局总工程师刘积洲。

时值秋高气爽，车窗外的天空湛蓝湛蓝的，列车行驶在翠绿的大地上。但是，国务院的领导们却无心欣赏这些，都陷入了深深的思索之中。

国务院领导想听大家对晋煤外运的意见。

四人都没有急于阐述他们自己的观点，而是试探着问道："不知国务院目前对此有哪些设想或思考呢？"

国务院领导主张修 5 条管道，每条大约需要 10 亿元。每条管道的年运输能力为 1000 万吨。也就是说，每年可以增加 5000 万吨煤的运量。

随后，四人相继发言，但他们对管道运输都提出了反对的意见。

他们反对的理由是：

1. 年运输量 5000 万吨，不能满足晋煤外运的需要，与其年年为此焦虑，不如找出一条更彻底的解决办法。

2. 管道运输最需要的是水，并且用水量与运输量成正比，恰恰大同一带缺的是水。不仅如此，煤浆运到秦皇岛后，还需脱水处理，根据我国现有情况，黑色废水的污染问题极难解决。

3. 管道运输在载运能力上不机动。管径确定了，输送通车就相应确定，这就无法适应迅速变化着的各种情况。

大家接着又提出：

而与管道运输相比，铁道运输的优越之处在于，它在各种运量水平上都能经济地运营。正常通路中断时，它可以绕行其他线路，因此，与其修 5 条运煤管道，不如修一条运煤铁道。铁道的灵活程度比管道具有明显优势，它的投资与管道相差无几，能力却远远地高于管道。

大家的这些意见受到了国务院领导的高度重视，并且各级部门对此意见反复进行了比较研究。

作出决策

国务院认为"解决山西省煤炭外运问题，现在已经刻不容缓了，根据我国的具体情况，要考虑充分利用海运。这条线非常重要，要下决心集中力量搞好，别的线也要修，但有了这条线，大半个中国就活了！"

岳志坚对郭洪涛说："总体设想你已经全有了，具体工作就交给我吧，你年纪大了，再跑来跑去的不方便。"

郭洪涛想想也就同意了，因为他知道，岳志坚是最合适的人选。

1964 年，由于岳志坚工作出色，中央决定调他任国家科委副主任。

岳志坚向郭洪涛表示具体工作由他来做时，他正担任国家经委副主任。

第二天，岳志坚就动身去了现场。

岳志坚带着一个秘书，还有北京铁路局一位搞基建的总工程师，他们沿着丰沙大线路一直往前走。

岳志坚想，如果能在原有的线路上再铺加一条线，既省力又省线，这是很划算的。

他们一路上不停地观察，劳累使他们疲惫不堪，但线路的选址工作不时地向他们发出希望的光芒，又激励着他们毫不气馁地向前赶。

当他们走到一个叫鲫鱼背的地方时，他们有些泄气了，因为那里地下全是煤矿采空区，而且紧挨铁路的一侧便是大洋河，不管如何巧妙地迂回，都不可能保证列车安全行驶。

这就迫使他们不得不重新考虑线路的走行方案。

就在岳志坚考虑第二个方案走桑干河的时候，铁道部第三设计院就已经派人实地勘察，而且拿出了供上级领导研究的各种选线方案，也是建议走桑干河谷。

岳志坚与铁三院反复商量以后，基本上对选线的各种方案心中有数了，然后他立即赶往大同，了解煤炭的生产情况。

大秦线的可行性研究刚开始，铁道部方面就摆开了一场要大干的架势。

铁道部规划院搞了一个方案，提出新修建的这条线年运量为 2900 万吨。铁三院遵循着这个思路搞了个设计方案，铺设普通线路，用国产的"韶山 1"型电力机车做牵引。

正在这时，煤炭部计划处处长张虎得知了要修建大秦线，他提出了一个大胆的设想：年运量 1 亿吨！

岳志坚马不停蹄赶到大同，他找了几个人，不听当地负责人的汇报，也不看各矿区豪迈的标语，而是采取一道沟一道沟地走，一个矿一个矿地实地查看。

因为岳志坚想的是，一年运 1 亿吨煤的确是很诱人的，但是，首先要看看是不是真有这么多的煤可运。否则，国家花了大量的人力物力，却修起了一条没有多大用处的铁路，那可就是相当惨痛的教训了。

岳志坚先看了云岗矿，又看口泉矿，再去看平朔矿，过了宁武关之后，又去了宣岗沟。

岳志坚就这样一直往前走，凡是有煤矿的地方都走了个遍，当他已经走到太原附近的西山矿时，还不停止，又过了太原。

岳志坚不仅查看储量，而且看产量，尤其了解交通运输状况。

岳志坚就这样整整跑了近一个月，做到了心中有数：张虎的提议是完全有根据的，应当全力支持。

郭洪涛主持了会议，国家计委主任宋平参加。另外，铁道部、煤炭部、交通部的部长、副部长以及两委三部有关单位的负责人和技术专家也都参加了会议。

大家具体讨论了三个议题：

一、线路走桑干河谷怎么样？

二、年运量1亿吨怎么样？

三、如果认为可行，拟迅速组织一个考察团去美洲、澳洲考察，以便解决修建这样一条现代化铁路所必需的技术问题。

仅一天工夫，所有的议题就全部通过了，这些都在大家的意料之中，因为这次会议的所有议题都是明白无误、清清楚楚的，没有含糊的必要。

1982年11月23日，由国家计委、国家经委和铁道部联合拟定的《关于大同至秦皇岛运煤专用铁路建设问题的报告》正式签发并上报国务院。

　　3 天之后，国务院就批准了这个报告。

　　从此，大秦铁路便正式被提上了建设议程。

二、 勘测设计

● 李轩说："修铁路，就要修高水平的，刚修好就挨骂的那种铁路我们不修。"

● 吴松禧意识到，必须综合世界范围内的先进水平来考虑设计，必须集中世界范围内的手段和设备来实现设计。

● 李英说："从长远来看，必须下专线专修的决心。否则，一半现代一半旧制，不仅京秦线腾不出力量，就是全部腾空，也照样不适应！"

考察国外重载单元列车

1983 年 3 月 11 日，一架银灰色的飞机在首都机场腾空而起，机舱内是中国重载单元列车考察团的一行 13 人，他们以中国交通运输协会的名义组织考察团赴美国和澳大利亚考察。

岳志坚任考察团团长，李轩任副团长。成员中除一名翻译外，其余全部是各专业的技术中坚。有搞勘测设计的，有搞自动化遥控的，有搞制动器、缓冲器的，甚至有为大秦铁路建设配套工程秦皇岛三期码头搞科研设计的。

大家透过飞机的舷窗，目光投射在淡蓝色的天空中，天空中翻腾着一朵朵白云。它们时而变幻出巨大的群山，时而如坦荡的平原，牛羊在悠闲地漫步。

在这 13 个人中，有一位个子偏高、身材魁梧的中年人显得心事重重，他没有心思去欣赏窗外的风景。

他就是铁道部第三勘测设计院的高级工程师吴松禧，也是大秦铁路这条中国有史以来现代化程度最高的铁路的总体设计师。

吴松禧向四周看了看，岳志坚正和李轩在小声商量着什么。这些天，他们就像走火入魔一样，三句话不离大秦铁路。

此前，在北京召开的那次会议上，吴松禧作为勘测设计方面的专家和同院的工程师胡秉刚负责向首长和同行们汇报选线方案。

那时，他们经过 3 个月的辛苦跋涉，线路上所有的数据、水文地质情况都已心中有数，所以丝毫也不感到紧张。不用看资料，他们就能侃侃而谈，而且从不出错。

而现在，所有纸上的东西就要转化成现实了，吴松禧却再也轻松不起来了。

当时，全国各处的精兵强将都已经汇集到大秦线上，各种装备也从世界各地运来了。

吴松禧想：就连国务院总理，对这样一条耗费巨大的铁路，拿出这样大的代价，他恐怕也要辗转数夜睡不着觉吧？

在那次会议上，煤炭部副部长刘辉说："修吧，你们放心大胆只管干，煤有的是，修一条铁路只怕还不够，实话告诉你，我还想修一条专用的运煤管道呢！"

当时，一贯认真的吴松禧想了想，他对刘辉说："刘部长能不能给我们一份晋北地区煤炭运量逐年增长情况的计划表？"

刘辉看出了吴松禧心有疑虑，他却微笑着没有回答，旁边的副部长李轩插话说："运量问题你只管放心。不仅煤炭部，铁道部也派人随岳志坚同志做过调查。现在你的任务就是用最快的速度、最好的质量拿出线路设计方案。"

吴松禧坐在飞机里，心思却围绕着"重载单元列车"这6个字不停地转动：重载，不仅是每辆车要多装，而且每列车要远远超出我国列车的车数和长度。单元列车，就是说中途不编不解，从出发地完整地直达目的地之后，原班车辆再拉回，如此循环往返。

在吴松禧还没有停止思虑时，飞机在香港降落了。

代表团必须在香港等待一段时间。吴松禧几次想给在香港的姑妈以及叔伯兄弟们打个电话，或者大家见上一面，但他思虑再三，还是犹豫不决。

吴松禧虽然外形像北方人，但他其实是广东人，他祖父有3个儿子，其中两个都在军阀混战中死去了，只剩吴松禧的父亲这根独苗，而他父亲却也只有吴松禧这么一根独苗。

吴松禧16岁时，念到初中二年级就没钱交学费了，他只好跑到香港打工，因为吴松禧的姑妈和几个叔伯兄弟都在那里，可以相互照应。

1950年，新中国宣告成立才几个月，吴松禧所在工厂的英国老板担心香港会被解放军攻占，于是弃厂而回。吴松禧当时打算去正在香港招工的新西兰煤矿。

吴松禧的母亲一听说自己的独生儿子竟要漂洋过海去新西兰当矿工，顿时心急如焚，她把所有亲属都动员起来予以阻止。而且她斩钉截铁地说："什么地方也不许去，马上回家来！"

吴松禧这个孝子二话没说就很快回来了。

后来，吴松禧考上了大学，毕业后参加了工作，被分配在铁路韶关机务段当司炉。他走遍了哈尔滨、北京和唐山的铁道学院，一直走到了高级工程师的位置。

吴松禧很想姑妈，无儿无女的姑妈一直拿他当亲生儿子，现在，他已经站在香港的土地上，近在咫尺，多么想见她老人家一面啊！

但是，吴松禧最终还是一咬牙下定决心：不打电话，不去看望，甚至现在不去想这些！

飞机从香港起飞了，飞越中国南海，在浩瀚无涯的太平洋上飞过多时，开始进入澳大利亚的上空。

到达澳大利亚的第一天，他们没有去欣赏澳大利亚的异国情调，没有去观察风格迥异的建筑物，也没有去观察那长着与中国大相径庭的各种植物的土地。

他们立即开始了丝毫不停歇的工作。

从东部的悉尼维多利亚大沙漠到西部的佩斯，再转道新加坡直奔美国华盛顿。

在一个月的时间里，他们竟乘坐飞机 38 次，往往是早上出门便带好了全部行李。

考察、谈判、吃饭、商议、再谈判、再商议，日程表上每天都重复着这些毫无新意的内容。

整个代表团 13 个人身上，似乎都压着大秦铁路这副沉重的担子，他们很理解并适应每天这种匆匆忙忙、求知若渴、夜以继日的紧张气氛。

在丹佛考察的时候，美国接待官员们坚持要求他们

勘测设计

休息，并邀请他们去观赏当地最有名气的大瀑布。

岳志坚和李轩觉得盛情难却，就答应了，但答应完就觉得有些后悔。

于是，第二天他们抽出 3 位手头工作较少的人，应酬性地去观赏了一下，而其他人则全部继续工作。

一直到最后回到北京，13 个人中没有人买时髦的东西，每个人的行李箱里却全部装满了资料，致使柳条箱都被撑破了。

资料实在太多了，现有的箱子根本装不下，他们就找来一些纸箱子装，足足装了七八箱。

箱子太多太重，飞机不办托运，只好通过海运运回中国。

美国人首创了重载单元列车之后，在全世界引起了强烈反应。

加拿大、澳大利亚、巴西、苏联，甚至南非等国家，都争相效仿。

澳大利亚过去曾长期是英国的殖民地，这个面积 700 多万平方公里的国家，西部为高原，东部为山地，澳大利亚生产出来的东西，几乎全为初级产品，主要靠出口资源。

由于大量开矿，澳大利亚对铁路运输十分重视。

考察团第一次见到重载单元列车是在澳大利亚的新南威尔士州。

这里地形地貌都与中国的大同相似，唯一的区别是大同的山上几乎没有植物，而这里却树木茂密。

当时，大家听到一阵强烈撼人的轰隆声就在这披红挂绿的沟谷断崖中响起，这响声就像从地层深处传来的闷雷。随后，一列装满了煤炭的列车露出了头。

这列车全是清一色的车体，每一辆车的一侧都装有特殊装置，其中四分之一的车体刷有与其余部分区别十分明显的色彩。

这样一些车辆排列在一起，格外引人注目。而且，这列车蜿蜒而行，竟似乎首尾不见，连绵无际。

吴松禧仔细算了一下，这列车至少有两公里长。

吴松禧看得不由发呆了，同时，他心里也涌动着一股说不清的冲动。

那些天，吴松禧一直关心和打听澳大利亚的铁路发展状况。

他了解到，这个国家的确是一个铁路运输大国。它有着五花八门、形形色色的铁路。

但吴松禧并没有感到自卑，因为他亲眼看到重载单元列车后，当时就意识到，这并不是多么了不得的高难项目。再怎么说，它不是航天飞机飞出大气层，也不是医学界面临的癌症课题。

吴松禧又想到，重载单元列车在美国和澳大利亚已经使用 20 年了，说明它并不是新兴高端科技。对我们中国而言，并不是没有这种智商，也不是克服不了这些技术难点，关键在于要有思维和观念上的转变，要努力打破原来的铁路模式，使我们的眼光得到拓展。

吴松禧还发现，美国人很务实，他们对自己追求的目标很明确，修铁路就是为了运煤，只要不影响运煤，道心长草就让它长去，又不是为了让人来参观铁路。

而且，美国就连司机的交接班都极为简便，在预定好的区间，车开得慢些，接班的司机已经按时等候在这里，两个人上来，两个人下去，上来的继续把列车往前开，下去的开着汽车就回家了。

一趟车上除了两名司机，就连运转车长也没有。

吴松禧曾经就这个问题问对方一位铁路官员："两个司机包揽一趟车，够吗？"

对方说："富余，其实还可以再裁掉一个。"

吴松禧蛮有兴趣地问："那为什么没有裁呢？"

对方回答得很简单："工会不答应。"

吴松禧感慨地想到，在我国，过去明明是为了运煤才修建的铁路，也要七八公里就设一个车站，设的车站越多，越限制通过能力。

其实大家都明白这个道理，但就是没有突破这条框框。

看来，修大秦铁路首先要向美国人学习求实精神。

吴松禧就向李轩试探着说了自己的想法："李部长，我们修大秦铁路最主要的目的是什么。"

李轩说："运煤。"

吴松禧接着问："那，在线路设计上……"

李轩似乎已经猜透了吴松禧的心思，他毫不犹豫地回答："考虑运煤，不想其他！"

吴松禧放开了问："站舍间距可不可以放大一些？"

李轩回答说："当然可以。顺便说一句，我个人意见是必须放大！"

吴松禧犹豫了一下，接着问："那，为人民服务呢？"

李轩说："在不影响运煤的前提下再考虑。"

在整个考察期间，吴松禧都感觉到李轩的目光在紧紧地盯着自己和胡秉刚两人。

起初，吴松禧以为这是自己压力太大产生的错觉，但后来经过多次感觉累加在一起，他感觉越来越明确而坚定了。他把自己的想法向胡秉刚说了，没想到，胡秉刚的感觉与吴松禧一样。

后来，吴松禧终于忍不住问李轩："李部长，你有什么话要对我们说吗？"

李轩微笑着问："你知道为什么让你出国吗？"

吴松禧一愣："考察国外铁路呀。"

李轩笑了一下，接着问："什么样的铁路？"

吴松禧说："当然是现代化的铁路。"

李轩说："你明白这一条就好，我只有一句话要你记住：修铁路，就要修高水平的，刚修好就挨骂的那种铁路我们不修。"

从悉尼到佩斯，从华盛顿到纽约，大家无论在哪里，考察之后的唯一任务就是关起门来，反复进行讨论。

考察的最后一站是旧金山。

旧金山是华侨和美籍华人聚集最多的海港城市，它那宏伟的建筑物和迷人的风光，都表现出它旺盛的生命和活力。

他们来到了旧金山大桥边，没有任何人组织，大家便围着这座桥的建造议论起来。

只有李轩一声不响，他陷入了深深的沉思。

大家要离开了，李轩仍没有动身。大家终于看到，他是在看大桥设计师斯特劳斯的铜像。

李轩看了很久，他说："将来大秦铁路搞好了，给你们也竖座像，是站着的；如果搞砸了，也为你们竖像。"

吴松禧负责大秦线设计

1983 年 4 月底，吴松禧从国外回来后，他连家也没回，就直接住进了北京铁道部招待所，一连十多天，吴松禧几乎没有睡好一天觉。

考察团向有关单位做了考察汇报，放映了幻灯片，用大量的事实和论据使大家的顾虑逐渐消失。

现在，修建大秦线的意见已经得到统一，下一步是拿出切实可行的计划来实施。

总体设计的担子实实在在地压在了吴松禧的肩上，沉重得使他几乎透不过气来。

晚上睡不着，吴松禧干脆披上衣服下床，拿出那些已经翻阅了无数遍的资料继续看。

这些文字和数据，常常能将吴松禧带回国外那一幕幕难忘的场景：

当飞机从旧金山起飞，穿越在太平洋上空的时候，岳志坚利用这近 12 个小时的旅途时间与吴松禧进行了一次长谈。

岳志坚问吴松禧："对设计这条线路还有什么顾虑？有什么想法，只管大胆说，要有行动上的坚决，首先要有思想上的自信。"

岳志坚看吴松禧张了几次嘴，但没有说出什么。他就对吴松禧说："这样吧，我先来说说我的想法，或许会对你有帮助。第一个问题，我们国家该不该投入巨资修建这条铁路？"

吴松禧认真地听着。

岳志坚接着说："我们国家要现代化，首先要解决能源问题。根据预测的常规能源储量，我国有煤炭5万亿吨，石油约700亿吨，天然气约30亿立方米，水能资源理论蕴藏量6亿多千瓦时。

"很明显，中国能源的特点是：煤炭是大头，占90%以上。因此，一次性能源结构和以煤电为主的二次能源结构，在相当长的时期内不会改变。

"这就决定了山西的煤炭要源源不断地调入华东、华南，甚至东北等地。修这样一条运煤铁路，不仅需要，而且非常重要。这一点国务院领导已经多次讲过，我们也做了多次论证，你应当有信心。"

吴松禧佩服而充满敬意地点了点头。

岳志坚喝了一口茶，他接着说："第二，该不该修一条现代化程度很高的重载单元列车线路？根据这一回考察的结果，重载单元列车的开行绝对是大生产的产物，它必须在资源、产销和运输条件许可的情况下才能发展。我可以肯定地说，这种造价昂贵的现代化铁路并不到处适宜，起码我不赞成全国到处搞，但具体到大同至秦皇岛该不该搞呢？"

吴松禧刚要回答，岳志坚拦住他马上说："美国伯林顿铁路公司是重载单元列车的暴发户。1970 年，它是美国西部地区最大的煤炭运输者，全年发送煤 1900 万吨，我们大同铁路货运量现在运载近 4000 万吨，是它的两倍。

"但就是这 1900 万吨，却吸引了伯林顿公司的注意力，并投入大量资金，发展起重载单元列车，而我们大同地区的煤炭运输量预测在今后 10 年中至少要翻升两番。

"所以，结论应当是清楚的。不仅如此，我还有个估计，到 20 世纪末，我们投资修建的这条铁路完全有可能成为世界上输送能力最大、在国内运营成本最低的铁路。如果说问题，那么问题只有一个：我们有没有这个水平和魄力去修！"

吴松禧张了张嘴，却没有说话，岳志坚就替他说了："我知道你的心思。设计好办，但要变成现实，却远非易事。现有的钢轨不能用，现有的车辆、机车全都不能用。要么花大量外汇进口，要么国家下决心搞科研攻关。

"这些你都不必担心，我的估计是，面对着这样紧迫的能源现状，国家就是砸锅卖铁，也会痛下决心的。"

……

这一切都被岳志坚说中了。

仅仅过了两个月，国务院就把大秦铁路技术纳入国务院重大技术装备领导小组统筹安排，并将它列为全国 12 个重点工程项目中的一个。

而这 12 个全国范围内最重要的技术工程项目中，有一半以上是解决能源问题的。

同时，国务院主要领导又一次专门指出：

> 大秦铁路是我国第一条重载、长大列车线，是重中之重，要认真抓好。
>
> 投资、材料、设备要保证。

大家不再犹豫了，也没有条件选择，只有一条路：冲上去！干到底！

成立铁路建设领导小组

1983 年 10 月 19 日，国家计委正式向国务院送出《关于审批大同至秦皇岛铁路设计任务书的请示报告》（以下简称《报告》）。

《报告》中除对这条铁路的意义、性质、要求、投资状况、技术设备的引进、配套工程的建设以及远期延伸出关等问题做了说明外，还明确建议：

> 由铁道部、交通部、煤炭部、水电部、机电部、山西省、河北省、北京市、天津市组成大秦铁路建设领导小组。由铁道部主要负责同志任组长。
>
> 有关省、市、地、县都要指定一名同志负责"支铁"工作，从勘察设计开始，对大秦线的建设负责到底。
>
> 各部门、各地方各司其职，谁误事，谁负责。部里误事，由部长负责；地方误事，由省长或市长负责！

1984 年元旦刚过，天气还十分寒冷，但北京铁道部招待所北京楼那间普通的会议厅里却宾客满座，热气腾腾。

铁道部副部长李轩、尚志功，国家计委副主任吕克白，国家经委副主任林宗棠，煤炭部副部长胡富国，机械工业部副部长沈烈初，水利电利副部长赵庆夫，电子工业部副部长张学东以及北京市副市长张百发，天津市顾问毛昌武，山西省副省长阎武宏，河北省副省长郭志等都来了。

大家先后来到，见面后都互相问候，谈笑风生，也许这是为了冲淡一下大战前的紧张气氛。

而铁道部部长陈璞如与来宾一一握手后，他便默默地退到一边，过了一会儿，他又起身向门外凝视着，一番心事重重的样子。

陈璞如到铁道部两年多来，他几乎走遍了全国铁路每一个重要路段，结识了许多工人和干部。

当时，这场战役就要打响了，陈璞如又要在山西名城大同与河北名城秦皇岛之间运筹帷幄了。或许是年龄的关系，他知道，这可能是他一生中最后一次拼搏和冲刺了，所以他感到前所未有的压力。

又一辆小车驶来了，陈璞如眼前一亮。李鹏副总理从车上走了下来。

李鹏没有惊动招待所里任何人，他很快就走进了会议室。

会议正式开始。首先，由李鹏代表国务院宣布：

大秦铁路建设领导小组正式成立。组长陈璞如。

这没有出乎大家的意料，大家都知道：重要内容不在于宣布了谁当组长，而在于国务院在后面将要讲些什么。

李鹏说：

国务院对修建大秦铁路十分重视，是经过多次讨论才定下来的。希望把这条铁路建设成一条质量好、进度快、投资省、效益高、少设车站的运煤专用铁路，成为我国铁路现代化的缩影。

这条铁路建成后，千万吨煤炭就可以输送到秦皇岛，再输送到东南沿海地区。我国的能源形势就会发生很大的变化，全国经济发展这盘棋就活了。

······

勘测设计

铁三院勘测设计大秦线

1984 年组建大秦铁路建设领导小组后，铁三院就承担了大秦线的勘测设计任务。

选线的一般规律是：越直越短越好，如果能在地图上划条直线那就最好。

吴松禧说："但在现实中很难做到这一点。"

当初，火车从大同出来以后，走的是大洋河，而不走桑干河。因为桑干河弯曲狭窄、山高谷深，而且地面剧烈隆起，相对高差达到了 600 米以上。这里也是地质上的大断裂带，不良地质到处都是，这真让勘测设计人员望而生畏。

另外，峡谷内有 3 座规划中的水库相连，坝高均达 100 米左右，这更让大家简直就想放弃了。

但大家并没有死心。

当时，地质学院的学生年年都来桑干河实习，因为这里被称为"地质博物馆"。

有一次，地质勘测人员正在桑干河谷勘测，有一位地质学院的教授就跑过来找吴松禧，对他说："这里滑坡地段多得简直数不清，你们为什么非选这里修铁路？"

吴松禧说："大秦铁路从这里走，比走大洋河缩短了几十公里。"

这位教授却说："虽然缩短了几十公里，但修筑难度增加了许多呀！"

吴松禧带领大家反复在桑干河上勘测、比较、推论，他们最终决定走桑干河。

当时，动用了飞机航测了方圆 400 多公里的范围。就这样，大家还不放心，又派出无数的工程技术人员，用脚步一一勘测。

1984 年和 1985 年，铁三院 30 多台钻机中有 27 台用到了大秦线上。党、政、工、团，一切服务于大秦线，服从于大秦线。

整整一年多时间，许多工作人员泡在野外，身上穿的帆布工作服被刮得到处都有破损。

早在考察团在美国考察的时候，俄勒冈州的伯林顿北方铁路公司便对中国显示出极大的热情。他们用最高的规格接待了中国考察团，甚至为了方便他们交通，专门将公司总裁的飞机拨出来供中国考察团使用。

后来，公司的人又接连到中国来了几次，他们认真考察了大同的能源状况和交通状况，一致认为大秦线该修、必修。

最后，北方铁路公司又正式向中华人民共和国铁道部提出了协助修建大秦铁路的建议，并具体提出：由他们派来 5 位专家，每季度来一趟，所有的方案、技术问题都会得到圆满解决。

吴松禧算了一下，美国人员光劳务费就是每小时 72

美元。他很干脆地回绝了。

吴松禧并不是与美国人赌气，因为他很自信，除了设备，中国在其他方面丝毫不比美国逊色。他说："为什么要将大把大把的钱扔给他们呢？"

大秦线定测的时候，河北省坚持让线路走沙城而不走桑干河。他们说："这样可以带动沙城的经济建设和市政建设。"

但工程技术人员却坚持走桑干河。

最后只好将情况汇报到李鹏那里。李鹏支持了工程技术人员。

大秦线定线走桑干河后，水电部的水库忍痛搬迁了，热电厂的输变电线让道了，就连农民的果木和仅有的良田也奉献出来了。

在这邻近首都的高山深谷中，有着许多极为重要的军事设施。

吴松禧在勘测线路的时候，空军、二炮、北京军区等部队都派专人陪同他，以便为他们说明哪些地方建有哪些设施。

虽然吴松禧尽量使线路避开这些重要的军事设施，但有些地方是无论如何也避不开的。

部队这时表态了，北京军区司令员秦基伟首先说："请铁路的同志放心，我们全力支持大秦线。我们只有一个小要求，如果线路走我们管辖的区段一定要提前给我们打招呼，给我们腾出时间搬迁。"

各方面越是对大秦线支持，吴松禧就感觉身上的压力越大，要用中国文人的一句话说，那就是"士为知己者死"啊！

吴松禧就这样夜以继日地工作，家庭顾不上是小事，而且他自从参加工作，也从来没怎么照顾过家，难在无数的建议要供他选择。

北京铁道科学院的专家们在关心着吴松禧的选择，铁三院那些同事们也在关心着他的选择，他们每天都为吴松禧出主意。

吴松禧的思路逐渐明确了。他的设计应当体现出这样一种原则：是在我国现有条件下能够实现的，又是必须经过十分艰苦的努力才能够实现的。

吴松禧意识到，必须综合世界范围内的先进水平来考虑设计，必须集中世界范围内的手段和设备来实现设计。只有这样，才可能对带动中国铁路事业的发展和变革产生实际意义。

铁道部副部长孙永福继李轩之后分管基建工作，他始终关注着吴松禧的工作。

但李轩不放心，他从北京赶到桑干河谷现场，问吴松禧："怎么样？"

吴松禧回答："请放心。"

孙永福也随后赶到，他问吴松禧："有没有把握？"

吴松禧回答："没问题。"

铁三院当时主管业务的副院长是李英。他是个老革命，但当时年纪还算老革命中的小年轻，后来他到唐山铁道学院进修学习。

唐山铁道学院是我国历史上最早的铁道学院，素有"东方康纳尔"之称。

李英1954年进校，1957年毕业，整整苦读了3年。

修建大秦线，大同到北京这一段线路没有任何人提出疑问，因为运量饱和状态是人们都了解的。但从北京到秦皇岛之间是否有必要修就看法不一了。

仅从京秦线来看，它质量很好，往东北及其他方向去的线路纵横交错，互为弥补，能力不仅没有饱和，而且还有富余。

于是有工程技术员提出，只修前一段，一直修到北京附近的大石庄，从那里接轨汇入京秦线。

他们提出建议的理由是，可以少修200多公里的铁路，可以为国家省出20多亿元的资金。

但是李英表示反对，他认为，京秦线能力的富余只是个暂时的表面现象，对京秦线的能力状况必须从路网的角度去综合分析。

李英说："目前，北京到山海关的京山线能力已经饱和，将很快压向京秦线。除此之外，随着晋煤外运量的飞速增长，京秦线本身又将重载越来越大的压力。因此，近期大秦线修到大石庄，汇入京秦线是可行的。

"但从长远来看，必须下专线专修的决心。否则，一半现代一半旧制，不仅京秦线腾不出力量，就是全部腾空，也照样不适应！在这个问题上，舍不了孩子打不了狼。半心半意，犹豫不决，只会使中国这条最有生命力的铁路进退两难，毫无生气。"

一次建议，李轩不表态；两次建议，李轩还是不动声色；第三次建议，李轩照旧不说话。

待李英把话说够了，李轩终于拍案而起，大声决定："李英，就按你说的办！"

当时，河北冀县有一个热电厂正在上马。按原定计划，这个电厂从大秦线取煤，但中途担心大秦线无法同步建成，以致影响它的生产，所以申请将专用线汇接到现有的京秦线上。

北京铁路局也积极支持热电厂的建议。

而李英却强烈反对这个建议。

李英当时正在天津养病，得知这个消息以后，他抱病给铁道部领导打电话，找到副部长孙永福。

李英说："大秦线是运煤专线，它配套了那么先进的设备，有那么强大的能力，弃而不用，岂不可惜？大秦线是一条死胡同，列车自来自去，往返循环，不能指望它还有其他什么作用。既然如此，所有能够向它靠拢的热电厂都应毫不犹豫地向它靠拢，所有运煤任务都首先应当往它身上压，把它压满。"

李英喘了一口气，他接着说："千万不要盯着京秦线上现有的那一点儿富余能力，京秦线与大秦线本质上的区别就在于：京秦线是铁路大网中一条四流八向的活路，它的能力富裕可以直接减轻其他线路的压力。如果把京秦线挤满而把大秦线腾空，那无异于为了一点眼前的、局部的利益，而无视和干扰整个战略大局。"

大家终于接受了李英的观点。

大秦线经过北京时，北京市提出线路在怀柔和平谷两地尽量靠山走，不要占耕良田。

但工程技术人员却想坚持原有方案，那样可以缩短线路。他们说："占地并不多，应该下决心割爱，设计中将尽一切努力，使被占耕田减少到最低限度。"

李英亲自去找北京市副市长张百发汇报情况，最后张百发终于同意了。

天津市有座于桥水库，这是引滦入津的枢纽，是天津的水源。而大秦线却偏偏要从这里走。

其实，并非要搬迁于桥水库，也不是要破坏或改造它的设施，只是从它坝下几百米处通过。

但天津市对"水"的问题特别敏感，因为天津市被水害苦了，他们辛辛苦苦才修建起了引滦入津工程。

经过反复研究后，天津市提出：不同意铁路从水库坝下走。首先，列车整日不绝在坝下奔驰，难免会对大坝构成威胁；其次，煤尘落起，会污染水源。

因此，天津市建议铁路绕行。

铁道部门慎重研究了天津市的建议，他们觉得由于线路距水源有数百米远，所以污染将极小，不会对人民群众的健康造成损害。

设计人员有充分的科学根据，证明对水库大坝构不成任何威胁。

至于绕行方案，会延长线路9公里，这损失太大，请天津再商议一下。

你来我往，双方都力图说服对方，但谁都说服不了谁。

最后，铁道部全部出马，以部长陈璞如为首，外加副部长李轩、尚志功、孙永福以及李英等一批工程技术人员，请天津市市长李瑞环约个时间，大家好好商议一下。

李瑞环当晚就亲自去招待所，看望这些要向他"汇报"工作的人。

大家一一握手，热情问候，然后才切入正题。

李瑞环说："你们来天津干什么，我清楚。明人不说暗话，线路怎么走，你们反复商量过了，我们也反复商量过了。各有各的理由，就看谁的理由大。我们的结论是：我们的理由大。所以，线路如果改从南边走，我们就大开绿灯，一路绿灯。如果从于桥水库走，我们不干，坚决不干。这没有再商量的余地。如果你们还继续坚持，那我们只有把官司往上打，打到国务院。"

铁道部领导们相互对视了一下，知道再说下去也不会有结果了。

双方如果再说下去，各有各的理，那将会长期拖下去，而大秦线是拖不起的。

李瑞环说："无论是铁道部还是天津市，运煤和修水库都是为人民服务。毕竟，煤尘会对水源造成污染，这污染虽说很小，但大和小的严格标尺是什么？从长远来看，也许会对人类构成危害。我们有理由相信，天津市是从一个高标准来对人民负责的，甚至这种高标准也是相对而言。从这个意义上说，天津市具有超前性。"

于是，大秦线就在这里绕了个弯儿。

樊书友跋山涉水搞勘测

1984 年，樊书友作为吴松禧设计大秦线最得力的好同事、好助手，参加了大秦线的设计工作。

樊书友是东北辽宁人，1966 年从长春地质学院毕业以后，分配到铁三院搞地质工作。参加勘测大秦线时，他与妻子两地分居整整 20 年了。

在樊书友打起背包要出发时，他心里存在着尖锐的矛盾。一方面，大秦线作为国家重点建设项目中的"重中之重"，已经全面铺开了，铁三院动员了全院的 70% 的力量投入定测。6 个勘测队、两个地质队、一个航测专业队，纷纷奔赴一线，作为地质组的一个负责人，樊书友不能不去。

另一方面，樊书友父亲去世，母亲生病，3 个孩子都在上学。家庭收入本来就低，再加上长期两地分居，开支增大，实在是不堪重压。他妻子接连从东北来信，催他办调动，如果一时办不好，就休假，抓紧回去。

樊书友给妻子写了一封信，说明了自己的难处，说明了他不能不上大秦线的原因，希望妻子无论如何要支持他。

半个月后，妻子写来回信，同意樊书友留下修大秦线，只是这封信上斑斑点点，泪痕犹在。

樊书友一咬牙出发了，多年的经验告诉他，遇到这种情况，只有用埋头工作来解脱。

当樊书友出没在群山之中，俯瞰着辽阔的山川原野，大自然那博大的景观会给他一种安慰，会使他忘却那些无尽的烦恼和心痛。

地质人员有句口头禅："上山到顶，下沟到底。"如果不跑遍沟沟坎坎，把上上下下的情况都摸清，就很可能给施工和设计造成重大的失误。

一条几百公里的铁路，火车只要一天就跑完了，但勘测设计人员却要用自己的脚步一尺一寸地丈量。不仅如此，还需要上下左右都去走、去看、去搜集资料，做出精确的归类、分析和判断。

樊书友每天天不亮就起程登山，左肩背着地质包，右肩挎着军用壶，渴了喝口凉水，饿了啃口干馍。

设计中每座隧道要经过的山体，每道桥梁要跨越的沟谷，樊书友都坚持要亲自走、亲眼看，绝不只是凭感觉去推理。

樊书友深知，未来的大秦线下，将是一个高深莫测的地质区，如果不认真搞清，一旦出现各种各样的事故，再现代化的设备也会陷于瘫痪。

桑干河谷中有一座最险峻的隧道叫河南寺，这里浮云缭绕，两岸陡峭，就连日照时间都很短。

樊书友要攀登的地方是难以上去的绝壁，大家都劝阻他，但他坚决不听，每天天不亮就去爬。等爬到山顶时，汗水已经浸湿了他的衣服，他感觉浑身酸软无力。

只有这时，樊书友才意识到自己毕竟已经快 50 岁了，他真想躺下来休息一下。

樊书友才爬了几天山就病倒了，他自己说患的是痢疾病。

但是医生却不同意樊书友自己的诊断，医生说："不是痢疾，是劳累过度引起了内分泌失调，治病最好的药方就是休息。"

樊书友笑了笑，又回头爬山去了。

刚爬到一半，樊书友就觉得头脑昏昏沉沉的，胸口发闷，而且两条腿也软得使不上力，整个身子就如腾云驾雾一样，身体里空荡荡的没有一点坚实感。

樊书友咬着牙坚持不让自己躺下来，他一步一步地继续跋涉，在整个勘测中一天也没有休息，一步也没有停下。

10 月份，樊书友又和大家转到河北东部，为滦河特大桥定测。

河的两岸露出了基岩，他们用物探技术，不费力就获得了数据。

但到河中心就难办了，大家找群众了解。群众说："河水浅的时候曾看见过裸露的石板，究竟是不是石板？是什么样的石板？我们也不清楚。"

樊书友说："这可来不得半点含糊，现在唯一的办法就是下水。"

10 月的滦河水已经很冷了，樊书友带头入水，大家探来探去，探到了石头，但却不是什么石板，而是厚厚的一层卵石。

樊书友还是不放心："卵石下面又是些什么呢?"

他们干脆调来钻机，一口气往水中钻了 15 米，彻底搞清了工程地质条件。

这时，樊书友才脸色青白、浑身颤抖地上了岸。

就这样，大家在山沟一晃就过去了两年。

按正常情况，樊书友每年都有两个多月的调休时间。但大秦线上马之后，正常的节律都被打破了。樊书友作为地质专线负责人和现场指挥组成员，既要对全线的地质勘探、技术资料负责，又要参与生产指挥，保证工期进度。

那一段时间，樊书友没完没了地在数百公里的线路上往返奔波，脑子里想的全是数据和各种资料。

1986 年，樊书友的大女儿即将高中毕业，她希望爸爸能利用夏季调休回家给她辅导功课。

女儿等啊等，但一直没有樊书友的音讯，她等不及了，一封封信向樊书友飞来。

樊书友正为工程设计忙得晕头转向，他拆开信一看，心里十分奇怪："怎么这么快女儿就要考大学了?"

樊书友掰着手指头一算，不由心里吃了一惊："这时间怎么就像飞似的!"

晚上，吃了饭，樊书友第一次合上了那些资料和数据，他静静地想独自走一走。

山野里月静人稀，一片寂静，夜色包围着樊书友，他什么也看不清，只有山间的小溪在显示着这个世界的活跃。

天上，浮云烘托着一轮明月，月亮就像女儿的脸，在问樊书友：为什么不回家去和亲人团聚呢？

樊书友惭愧地低下头，默然无语：面对父母，我不孝；面对妻子，我失职；面对女儿，我没有尽心。唉，惭愧，只有惭愧！

国事家事，不能两全。樊书友回想起在大秦线的这两年：

当初，大秦线通过桑干河地段时，铁三院曾提出3个选线方案。经过反复比较，确定了线路沿桑干河北端行走。樊书友在物探方法无法采用的情况下，借助航拍到现场进行复核和判断。

而结果使他的同事们都吃了一惊，在线路准备走行的地层中，散布着许多几百年前开掘的小煤窑。经过风雨侵蚀和地层运动，这些煤窑都已经变形、崩塌、错落并导致山体开裂下陷。

不仅如此，这里的地质岩性都是火山喷出的碎屑岩系，这种岩体结构松散，强度极低，把铁路建在这样的地段，随时都会出现意外。

樊书友写了详细的说明书，搞出了测绘填图，坚决提出改线，得到了上级的支持和同意。

樊书友还提出了西窑沟至长田单段的改线方案。

樊书友确定了景忠山隧道的两处断层位置，并完成了大岭沟、花果山、摩天岭等一系列隧道和大桥的地质调查。

樊书友想到这里，他又自豪地想：一个人能够这样度过一生，何愧之有？

樊书友给女儿写了封回信，他请求女儿理解他，支持他，决战之际，他不能离开大秦线。

三、 施工建设

● 黄镇东说："困难是死的人是活的，谁误的工期，就追究谁的责任。这个原则不变动。"

● 李森茂说："第一批车引进一部分车钩，可以。但现在的问题是必须尽快实现国产化，希望齐齐哈尔车辆厂能够完成这个任务。"

● 国务院特别指出：铁道部精心组织了大秦线光通信工程的国外咨询、谈判、应用研究、设计等，通过初步的实践活动，积累了经验，锻炼了人才……

秦皇岛新煤码头开工

1984 年 4 月 1 日，一艘来自上海航运局的挖泥船驶入渤海湾，在秦皇岛市东南 5 公里处的沙河口海域停泊，随后从海底挖起第一铲泥沙。

几天以后，交通部第一航务工程勘察设计院的几十名设计人员分乘火车、汽车直奔秦皇岛而来。

天津航道局、天津基础公司、交通部公路一局四公司等十多路人马水陆兼程，向秦皇岛云集而来!

沙滩上，一排排整齐的帐篷冒了出来，青色的炊烟在海滨蔚蓝色的天空下冉冉升起。

在大秦铁路建设的同时，配套项目秦皇岛新煤码头三期工程正式开工了!

秦皇岛从 1978 年开始建设新煤码头，一期工程于 1983 年投产，年通过能力 1000 万吨;二期工程于 1985 年投产，年通过能力 2000 万吨;三期工程的年通过能力是 3000 万吨。

秦皇岛新煤码头三期工程修建方案，是 1983 年 9 月在国务院常委会议上确定的。

为了保证不拖大秦线的后腿，保证在铁路修通的同时做到煤炭下港，当时主管交通基础设施建设的交通部副部长向国家计委提出了一个要求:上报设计任务书的同时，初步设计方案开始进行；设计任务书批准的同时，关键工程提前开工。

国家计委答应了这个要求。

新煤码头三期工程是当时世界上最大的装卸机械化、自动化的煤码头之一，其规模在亚洲独一无二。它具有完整的电子程控系统，全部操作由电脑集成控制。

当时，3 个泊位设 3 台大型装船机。每台装船机的通过能力为每小时 6000 吨，可以分别为多艘轮船作业，也可以同时为一条船作业。

码头建有 4 个大型煤场，进行煤炭堆存，场存容量为 150 万吨，并配有 2 台大型堆料机和 3 台取料机进行配套工作。

为了确保煤三期工程按时建成，国家在财力紧张的情况下，下定决心拿出 6 亿多元投资，其中包括 5000 多万美元的外汇。

1985 年 3 月，秦皇岛煤三期码头装卸设备制造的国际招标正式拉开帷幕。日本、德国、意大利、美国、英国、芬兰等国家参加了投标。

通过竞争，最后选定了德国总承包煤三期工程。

与德方签订供货合同的同时，签订了设备无偿技术转让协议。

中国港湾工程公司与他们签订了相应的中方分包合同，规定中国有 30 多个厂家承担分包设备的供货任务。

但是，1986 年 8 月，德方向中方正式提供图纸，当中方审批图纸时，意外地发现这家公司总包商的综合经验不足，所供给的图纸只是一个大轮廓，具体的机件衔接不详，有些根本就达不到要求。

中国方面立即向德方提出异议。

最初德方技术人员满不在乎，但是当技术问题的争论进一步深入时，他们不得不对中方所提出的问题予以密切关注了，随后，只得将图纸拿回国修改。

德方回国修改图纸的同时，中国所有参与煤三期工程设备建设的单位都按原定计划干了起来。

但是，离第一批设备交货期限的合同规定只有50天时，特种钢材缺货了。

原来这种钢材主要靠从日本进口，而中日双方的价格战谈判并没有取得进展。

主管煤三期工程的交通部副部长黄镇东冷静分析了各方面的情况，他立即召开了一个近百人、有国内各生产单位代表参加的协调会。

黄镇东站起身，他开门见山地说："大秦铁路工程会战已经突破喜峰口，到了煤三期的鼻子底下了！怎么办？我可以告诉诸位，中国搞了那么多大工程，哪一项工程没有碰到困难？所以强调困难没有用。困难是死的人是活的，谁误的工期，就追究谁的责任。这个原则不变动。"

1988年2月，秦皇岛煤三期工程指挥部正式接到德国科隆法院指定的破产监护人电传通知：不能继续履行合同义务，对分包合同和长期合作协议书也不再履行义务。

几天之内，所有原定供货全部中止。在煤三期现场指导安装调试的德方专家全部撤回。

当时，距大秦铁路联动试车仅剩半年时间了！

一位德方技术专家在临走时，感情复杂地对中方代表说："对这种意外事件的出现，我们都非常遗憾。为了对贵国负责，我建议你们不要怕花钱，再请美国或日本人来。"

经历太多的艰辛和悲愤，也表现出了自己的坚强与自信。不管经过多少磨难和曲折，煤三期码头终于胜利建成。在那片方圆 910 亩的土地上，往昔满目的野草和泥泞的苇子坑不见了，取而代之的是一座高度现代化的码头。

所有见过这座煤码头的人，都一定会被它那雄浑的气魄所征服：渤海湾那一片蓝得诱人的海面上，煤三期的长堤就像一道彩虹，又如同一柄利剑，它坚定地伸展开去，切割开海水又融汇起海水，变为它们中间一个特殊的分子。

在晚霞满天或朝晖初现的时候，3 架高大的装船机探身出海，就如同是顽皮的儿童正好奇地探询着天地间的秘密。

站在装船机下望去，纵横交错的皮带输送机环环相连，一直消失在目光不及的遥远的岸边。

而岸边，在这些皮带上方，雄踞着足有六七层楼高的堆料机和取料机。

有人会细心地注意到，在那悬臂的森林中，在那密如蛛网的传输带和变幻喧腾的海潮边，有一座房子并不太引人注目。它既不高大也不复杂，就像从容的老人坐在一边看着年轻人的热闹。

它就是当时世界上最先进的大型连续翻车卸煤机。

装满煤炭的车辆一路浩荡从大同拉来，在这里却不由得放慢了脚步，它们规规矩矩地逐一通过翻车卸煤机的身躯，就像年轻人接受老人的审视。

每进去3辆，自动化设备就将它们分别卡死，随后带动它们翻动一下身子。于是，200多吨煤炭便轻而易举、干净利落地滚入地下仓库，被皮带传输机输送出去。

采用全新技术和设备

大秦线地质情况较为复杂，尤其是桑干河谷地段，河道曲折。山势较陡，地形险峻，因此工程量较大。

第一期工程的线路长 410 公里，计有路基土石方 3782 万立方米，桥涵总长度 105 公里，隧道总长 55.85 公里，正站线铺轨 1027 公里，房屋 41.13 万平方米，车站 19 个，以及电气化工程、通信、信号、电力、给排水、机务、车辆等工程设施。

第一期工程共有 4 个组成部分：一是大同端接轨点韩家岭经茶坞至大石庄 386.75 公里；二是大同枢纽和西韩家岭支线、云岗支线，共 26.58 公里；三是大石庄车站至京秦线段家岭车站的联络线 6.05 公里及段家岭车站的改建工程；四是秦皇岛引入三期煤码头的铁路 24.06 公里。

全线重点工程较多，自西向东有大同枢纽内的湖东编组站、御河及坊城河特大桥，王家湾车站，和尚坪、大团尖、张家湾、李家咀、河南寺、白家湾、军都山、大黑山、花果山、摩天岭等 10 座隧道，永定河大桥，跨丰沙大铁路立交桥，妫水河特大桥以及铁炉村和茶坞车站，还有引入秦皇岛三期煤码头的铁路线等工程项目。

大秦线工程艰巨，建设任务紧迫。1983 年 9 月，国家确定修筑大秦线，10 月初即紧急部署，设计、施工队伍同时上路，边定测、边准备、边施工。

为克服"三边"带来的弊端，确定了"急而不乱，忙中有序"的建设方针，将科研、设计、施工三者有机地协调起来，全线统一部署，解决交叉作业的矛盾，协调设计与施工之间和各工序之间的关系，以免互相干扰。

有 4 个设计院承担大秦线的勘测设计，有许多单位参加工程项目的设计和科研任务，7 个工程局承担施工。

在建设高峰时期，总数达 7 万人、3000 多台机械在长达 400 公里的线路上投入建设。

这样汇集科研、设计、施工三位于一体的庞大建设队伍，齐心协力，展开现代化施工的壮丽场面，在我国铁路筑路史上是罕见的。

大秦线的第一期工程关系到 1983 年年底全线开通的关键工程，主要是军都山隧道，湖东编组站和通信、信号、电力、电气化的"四电"工程，加强统一指挥，抓紧施工，以确保年底建成，并开始运煤。

崭新的技术装备大秦线要开行万吨单元列车，设计年输送能力为 1 亿吨，技术标准比一般铁路干线要求高。因此，在主体工程和运输设备上采用很多新技术，进行大量科学研究，并引进了新设备。

在第一期工程中共有 91 个设备研制和引进项目，其中有 10 项已通过部级鉴定。

重载线路的路基与众不同。建设者结合世界各国的路基标准及我国重载列车的具体情况，制定出新的标准。在沿线选择 4 个点，做了不同类型的填料试验，确定出一套完整的操作细则，保证路基质量全部合格，路基基床密实度均在 95% 以上，许多地段达到 97%，有的地段达到 100% 以上。

在隧道施工中，普遍按照"新奥法"的原则指导修建，运用引进的大型机械，组成钻爆、出渣和衬砌流水作业线。

"新奥法"指的是在软弱岩层中修建隧道时，开挖后立即喷射水泥混凝土作为临时支撑，必要时加锚杆，以稳定围岩，然后再进行衬砌的施工方法。

建设者针对不同的地质情况，研究创造了多种开挖法，丰富了我国隧道建设的技术宝库。

全长 8460 米的军都山双线隧道是全线的控制工程。隧道内有一条黄土段，覆盖层较浅，由拱顶至地表为 13 至 23 米，且有沙层和地下水，施工难度很大。

建设者采取半断面开挖，喷锚支护，并增加钢拱架及管棚超前支护的方法进行施工。

在隧道顶部用旋喷桩技术使黄土固结。黄土段含水率高，如开挖后不及时支护，就会出现坍方、基底渗水、翻浆冒泥，因此又有效地采用洞内井点降水法。

由于采取了上述技术措施，安全通过了黄土层，在这个地段中，距拱顶 18 米的房屋、距拱顶仅 3.6 米的水渠、公路和其他建筑物完好无损。

这座隧道8月底衬砌完毕，铺轨通过。

西坪隧道的围岩软弱破碎，拱顶距地面仅36米，围岩含水量大，有的地段拱部有0.3至1.8米的沙层，很难开挖。

施工时曾出现30米长的通天坍方，坍体土柱高达23米。

经过方案比选，确定用"眼镜法"开挖，顺利通过坍方地段，为大跨度、软弱破碎等特殊围岩的隧道施工开辟了新路。

"眼镜法"施工是以"新奥法"基本原理为依据，在开挖导坑时，尽量减少对围岩的扰动，导坑断面近似椭圆，周边轮廓圆顺，避免应力集中。

大同枢纽内的湖东编组站是全线的控制工程，也是大秦线现代化装备比较集中的地区。

编组站为一级三场，即到发场、上行到发场、调车场，设有非机械化驼峰、大型养路机械停留线、电力机务段、车辆段、工务段、电务段、站修所和行车运营设施。

新技术和科研项目主要是：到发线有效长为850米、1050米和1700米，并设有渡线，可以直接开行长大列车。

车辆段内设有C63型车辆检修设施，从国外引进了车钩、缓冲器、制动机等，全线车辆都将在此检修。

机车装有400兆无线通信设备以及恒速装置，列车进入煤矿装车不需摘车，车速可控制在每小时 0.8 公里。

采用通信光缆、2700 门的数字程控机，全部微机控制，并设有光缆通信站，所有设备由 6 个国家进口。

编组站内设有自己研制的调度集中，大同至大石庄间的所有车站通过自动显示，可以掌握列车在线路上的运行情况，如发生问题可自动报警，并可自动发出调度命令。

红外线车辆监测设施可监测车辆的运行情况，自动报告调度中心，如有燃轴等情况，可自动扣修。站内还设有电气化供电调度中心。

此外，在隧道施工中还采用了泵送混凝土技术、SJC1 型断面激光测量仪、穿行式双线钢模台车；在铺轨施工中采用了 PG30 型铺架机，解决了混凝土宽枕轨排和 16 米混凝土梁的铺架难题。

首批运煤敞车制成出厂

1988 年大秦铁路一期工程开通后，专门制造了可以运用于翻车机自动卸煤的 C63 型敞车。

"七五"期间，在大秦线开行的以 C63 型敞车为代表的我国第一代单元列车运煤敞车的投入使用，揭开了我国开行重载单元列车的运输历史，并在实际运用中效果良好。

当年，一听说大秦线要研制开发新车型，齐齐哈尔车辆厂马上就想把它抢到手。

齐齐哈尔车辆厂总用地面积达 300 多公顷，《林海雪原》的作者曲波，曾经在这个厂里担任过党委书记。那些年，工厂的"铁饭碗"正逐步被砸破，企业都争着找活儿干。

齐齐哈尔车辆厂相信自己有这个能力。

于是，当大秦线研制运煤敞车的标书在《人民日报》上一公布，他们二话不说就揭了榜。

铁道部大秦办是面向全世界招标的，标书在《人民日报》公布后，投标的不多。因为，一是时间要求太紧，二是技术要求很高。有不少厂家从总体看没什么问题，但具体到某些性能上，心里又没了底。

在当时，车辆厂设计人员首先面临的难题是，他们对这种载重单元运煤车既没有理性认识，也没有感性认识。

陈洪坤在运煤敞车的研制中担任主管设计师。陈洪坤当时已经在东北生活了30多年，但仍带着江苏口音。他是南京机器制造学校毕业的高才生，分配到车辆厂后，又继续去唐山铁道学院函授。

在设计研制运煤敞车时，单元重载列车不仅对一般中国人，就是对陈洪坤这些专业搞货车设计的人也是一个陌生名词。

幸运的是，齐齐哈尔厂是个历史悠久的大厂，在车辆设计和制造方面出了不少造诣极高的人才。

朱思本工程师就是从这个厂走出去的，他到北京后，仍然常常和"娘家"沟通。此时，他又为大家提供了一些重载列车的资料和信息，对陈洪坤他们起到了很大的扶持、帮助和启发作用。

刚开始，车辆厂准备花一笔外汇买国外重载列车的图纸资料，但美国要价太高，他们只好埋头自己钻研。

中国铁路有中国的具体情况，如何适应这些具体情况，的确需要中国人自己去摸、去闯。

陈洪坤就从头去研究，在设计运煤敞车时，对车体的强度和刚度要用电子计算机计算。于是，他又硬着头皮去钻研电子计算机。

"半路出家"的陈洪坤，经常被计算过程中出现的一些问题搞得晕头转向。

有人说："北京大学力学系袁教授是这方面的专家，何不向他求教呢？"

于是，陈洪坤犹豫再三给袁教授写了一封信，但他把信寄走后就后悔了：自己和袁教授素昧平生，凭着一股热情就冒失地去打扰人家合适吗？再说，马上就是春节了，应当等春节以后再登门求教才比较合适。

陈洪坤没有想到，袁教授很快就给他回信了。他回答了陈洪坤提出的问题，又特意写道：

> 建设大秦线意义重大，请努力为之，好自为之！

陈洪坤激动得不得了，原来自己所从事的工作牵动着那么多火热的心呢！

自此以后，陈洪坤更是拼命地学习，甚至为了搞清楚一个难点，他常常要熬个通宵。

一次，计算端墙中部的强度时，计算机上的数据输出总是不稳定，致使下一步计算无法进行。

陈洪坤一筹莫展。他吃不下饭，睡不着觉，在家里也总是神情恍惚的。

爱人问陈洪坤怎么了？他也答非所问，弄得爱人很为他担心。

陈洪坤躺在床上仍然合不上眼，反复思考着问题的症结所在，一直到早上 4 时，他忽然想到，有一个负号没有加进去！问题就出在这里。

陈洪坤猛地从床上坐起来，匆匆吃了几口饭，就迫不及待地赶到办公室，重新输入数据。

就这样，陈洪坤先后编制了4种方案各9个工况的计算数据文件，取得了20多万个数据，为运煤敞车的设计奠定了基础。

在重载运煤车没有正式招标之前，设计处处长李渝生就开始加紧搜集有关它的情况，他四处奔波，利用到北京出差的机会，到铁道部找朱思本，向他请教。

接着，李渝生又马不停蹄，先后去国家标准馆、国家专利馆、铁道部科技情况研究所和铁道部标准计量研究所，搜集大量的外文资料之后进行翻译、整理、分析。

白天工作忙，李渝生就利用晚上干，平时时间紧，他就抓紧节假日干。自从承担了运煤敞车的设计任务后，李渝生就再也不看电视和文艺节目了，除了睡觉、吃饭，他几乎所有时间都用在那磨得发亮的图板上了。

有人感叹道：

谁能六根清净？不佛不道乃常人。

哪个超凡脱俗？非神非仙是渝生。

一年来，李渝生翻译的资料达20余万字，以致当重载煤车研制成功时，他这些资料也编成厚厚的一本书正式出版了。

一次，李渝生与美国 6 家公司进行技术交流，事先就装车可能出现的问题列出了长长的提纲，仅制动机一项，就准备了 18 个方面的 43 个问题。

结果，美国专家被李渝生那些细致入微的问题问得大为惊奇，以致忘记了他的姓名，而改称他为"问题专家"。

按照铁三院的设计要求，C63 运煤专用敞车组成固定循环运转。

这种新型车最关键的是应解决三大难题：一是车体备有可旋转的车钩；二是必须配置大容量的缓冲器；三是装配全新的制动系统。

根据协议，大容量的缓冲器由铁道部戚墅堰机车车辆工艺研究所、四方车辆研究所等单位联合攻关，制动系统则由铁道部科学研究所和眉山车辆厂等单位联合攻关。

那么，齐齐哈尔车辆厂最大的难题就剩下这能够旋转的车钩了。

工程师王金负责车钩设计。任何设计工作的第一要素都是图纸，但是引进图纸就要花钱。在中国，钱是个敏感的问题。许多事情由于有钱而好办，许多事情又由于没钱而办不成。

王金也和陈洪坤一样，他的选择只能是靠翻译过来的一些资料，再加上自己的刻苦努力。

第一批运煤敞车装配的 150 个车钩是从美国进口的，

王金立即去挑出几个，细心拆卸，根据实物反复测试，再根据车钩各部件性能之间的配合关系取得综合数据，以便自行设计。

王金先后测定了 3 套车钩尺寸，浇铸了 5 回车钩模型，这才将车钩的设计图纸敲定。

1988 年秋天，利用美国进口车钩装配的第一批 150 辆运煤敞车生产成功。

铁道部李森茂部长和副总工程师庞志明，以及大秦办主任谷业权亲自赶到齐齐哈尔车辆厂参加出车典礼。

典礼一完，李森茂就说："第一批车引进一部分车钩，可以。但现在的问题是必须尽快实现国产化，希望齐齐哈尔车辆厂能够完成这个任务。"

庞志明说："我完全同意部长的意见。如果说还要补充，那么我对国产车钩的具体要求是：一要拉不断，二要能够转。"

当时，按照技术要求，我国普通货车车钩的拉力一般为 230 吨，但重载列车则必须保证能承受 350 吨的拉力。于是首要的问题是，采用什么样的钢种来做车钩。

庞志明提出的要求，无论是拉不断还是能够转，都对齐齐哈尔车辆厂的热工艺处理部门提出了很高的要求。

热工艺处副处长许志耕说："美国做这种车钩用的是 E 级钢，这种钢硬度高、韧性强，但我们国家没有。"

戚墅堰车辆工艺研究所的科技人员承担了大秦线 E 级钢攻关任务，经过反复试验通过鉴定以后，为齐齐哈

施工建设

尔车辆厂提供了这个钢种。

时间已经很紧了，车辆厂日夜不停地采用他们研制的钢种进行试制，一连 3 个多月，天天都夜以继日地炼钢、浇铸、切割。

当时，主要技术人员全到现场去，大家都憋足了劲儿，也吃了不少苦头。

王献武是负责砂型的，他每天早上五六点就准时去现场，砂子配好后，他又跟着其他人一起打线、选型、合箱，一直忙到了半夜还不能回去休息。

大家从 2 月一直干到 10 月，等车钩试制任务完成，王献武也累倒了，但他的病很奇怪，睡不着觉，天天睁着眼睛好像在想事情。

铁道部给齐齐哈尔车辆厂的第二批任务是制造 720 辆运煤敞车，如果 720 个车钩都靠引进，那就得花 350 万美元。

车辆厂想，作为工厂，不能老靠着别人，要有自己的真本事才行。

1983 年，泰国曾经想让车辆厂为他们生产 100 辆货车控制型转向架，但由于铸造工艺不过关，没敢接手，结果这批货很快被韩国人抢去了。这对车辆厂刺激很大。

最初，车辆厂坚持车钩引进，国家很理解，不引进不行，必须花钱引进。

但车辆厂自己想到，明明我们通过努力能干成的事，为什么要怕承担责任呢？

于是，厂领导对大家说："允许失败，不允许不干！"

1989 年 10 月，齐齐哈尔车辆厂将自己研制的 12 套车钩以及美国引进的 6 套车钩同时拿到铁道部四方车辆研究所进行静强度破坏试验，获得成功。

随后，他们又迅速赶往北京，请铁道部车辆局给予试验。试验结果，美国车钩和国产车钩各断了 3 根，而且基本持同一个应力水平。

陈洪坤、王金等人又马上赶往大同，在大同机车厂和湖东车辆段的帮助下，将已经投入大秦线一期工程运煤的 5 辆重载车的美国车钩卸掉，换上国产的，随后急忙赶往秦皇岛想做翻车机的实地试验。

大家一到秦皇岛，就立即与站调度联系，请他们多关注一下，如果这 5 辆车发出，务必请尽早通知他们。

等办完这一切，他们才找旅馆住下，耐心地等候着。

大家足足等了近 10 天，还是没有任何消息。

但是很奇怪，按照正常的运行规律，这 5 辆车早就该来了。

本来工程师们都是很有修养的人，但这次他们实在等不住了，于是打电话找站调度，又请他们帮助查车表。一翻一查，才知道这 5 辆车已经连续几趟都被忘查了。

没办法，大家只好继续等待。他们不放心，天天打电话询问："这 5 辆车什么时候挂发？什么时候能够到达？"

没有得到明确的消息，他们又往铁道部庞志明家挂电话，请庞志明为他们催一下。但庞志明总不在家，一问，他到大同去了，于是电话又追到了大同。

终于，这一天，消息传来了：5辆车已经全部到达秦皇岛！

他们齐声大喊，其他什么也不顾了，兴冲冲地就往车站跑。

到了车前，发现这5辆车竟被分散编解了，他们只好继续求人，让人家帮忙摘钩挂车。

但人家都不敢担这个责任，他们只好一层层找上去，最后，他们找到了装卸公司总经理。

装卸公司聂经理和机电科朱玉民科长问明后，又看了介绍信，他们十分热情，马上说："没问题，我们支持你们试验。"

走在路上，朱玉民对他们说："这里边确实有个责任问题，工人们不让你们做试验是对的。"

他们马上也理解地点头："对的，对的！"

朱玉民继续说："按规定，你们不能开工厂介绍信，应当从铁道部开介绍信，到交通部办手续，再由交通部正式通知我们。"

大家也连忙说："是应该，没错！"

到了现场，工人们还是那句话："万一出了事故，责任谁负？"

朱玉民干脆地说："我！"

试验结果，国产车钩完全合格。

1990 年 5 月和 6 月，太原办组织在大秦线集中进行了十多次试验。

　　在试验期间，国务院副总理邹家华、国家计委副主任叶青、铁道部部长李森茂等领导随车进行了考察。

　　其中最重要的是万吨重载单元列车运行试验。万吨重载单元列车共编组 129 辆，除去机车等必配车外，齐齐哈尔车辆厂牵头研制的 C63 型运煤敞车编入了 123 辆，总长度 1.7 公里，总载重量 1.06 万吨。

　　陈洪坤坐在车上，心紧张得怦怦直跳。不管科学数据多么翔实，也不论一次又一次的试验多么细致，现在要真刀真枪地上阵了，谁也不免心里紧张。

　　风笛一声长鸣，列车缓缓启动，试验开始了。

　　陈洪坤两眼瞪得大大的，一刻不停地观察着。他发现车体很稳地向前蠕动，随后慢慢加快了速度。速度越来越快，窗外的风景一掠而过，现在就应该到晃动和颠簸的时候了。但是，没有发生任何晃动和颠簸，陈洪坤放在茶几上的茶杯始终没有倒。

　　陈洪坤没有声张，他仍然紧张地看着窗外，看着茶杯，足足又过了半个小时。他在心里对自己说："成功了！"

红外检测系统研制成功

1985 年年末，在哈尔滨开往北京的特快列车上，上来一位 30 多岁的年轻人。他随着人流上了车，找到自己的铺位之后，又从容地打开提包，拿出了茶杯。

火车开始启动，年轻人把目光投向窗外。窗外是一片辽阔的田野，田野上，那些秋天还满布着的浓郁的绿色不见了，眼前是一片灰褐色。在东北，能看到绿色是很难的，一年中几乎有半年时间大自然都呈现出这种灰褐色。

他叫张运刚，是哈尔滨铁路科学技术研究所的副所长。张运刚是辽宁人，在佳木斯长大，1968 届高中学生，是名副其实的"老三届"。

1967 年，张运刚迫于家庭生活困难，不得不接了父亲的班，在铁路上当了工人。当时，工人中有高中文化是很了不起的，所以没过多久，张运刚就被抽调到报社当了记者。

后来，张运刚又作为首届工农兵学员进入黑龙江大学物理系，1975 年毕业后，他被分配到哈尔滨铁路科研所，从此与科学技术结了缘。

张运刚告诫自己：静修攻读，终能致远；蜗角虚名，热将废残。

张运刚努力地学数字传输，学无线通信，学计算机理论，渐渐地，人们对他另眼看待了。他研制的"蒸汽机车热工监测仪"被铁道部鉴定通过；他参与研制的"机车自动停车装置"受到广泛关注。

不久，张运刚就被提拔为科研所电务室的副主任、主任。电务室在张运刚的领导下，接连在科研中作出成绩，几次被评为先进。

1986 年年底，科研所准备提拔一名年轻的副所长，许多人不约而同地提到了张运刚。

大秦线上马后，一幅气魄宏伟的铁路运输图便立即展现在全国人民面前。

必须有第一流的设备来保证大秦线的这种宏伟气魄。这就意味着，普通列车每年的运输量约为 80 万吨，那么重载单元列车每年至少要运输 220 万吨。也就是说，凡是在大秦线奔驰的车辆，必定是急急地去、匆匆地回，没有一刻休闲。

显而易见，大秦线的车辆发生事故的概率必定也比普通列车高得多！针对这种情况，为了避免事故的发生，就必须要有第一流的"眼睛"来监测它们。

张运刚坐在火车上，火车跑得很快，速度也很均匀，那些杨柳和电杆都急速地向后移动。他努力想数清它们，但这根本就是徒劳。

张运刚似乎不甘心，他重新找准前方的一棵柳树作为基点，心里默默地给自己下命令：开始！但还没数到

施工建设

第十棵，就又乱成一团了。

张运刚不由得苦笑了一下：人的智能创造了人工智能，却又远远不如人工智能了。如果连间距这么大的树都数不清，那么列车通过时又怎么能数清它的车轮呢？

张运刚又想到：是的，那双神奇的"眼睛"必须要有这种能力，一列车有许多的轮轴，到底是哪辆车、哪根轴会出现异常呢？

不是在当时，而是在几年前，车轮轴承就成了张运刚生活中一个不可分割的部分。当时他急切地赶往北京，为的就是轴承。

国外已经有了这样的"眼睛"，这是一种人工智能，它远比人的眼睛更神奇。它精明无比，反应极快，闪电般飞驶过的车轮从它眼前一过，它立即就能捕捉住每一点稍纵即逝的信息，准确地报出每一根车轴的温度，能告诉人放心或提醒人们警惕。

这种高科技的产物叫"车辆轴温红外线跟踪监测系统"。

大秦线究竟采取什么措施来保证行车安全？讨论中明显地形成两种意见：一种是引进美国先进设备，请他们来为我们建立一双"眼睛"；另一种是以我们为主，自力更生，在第一代"眼睛"的基础上努力拿出更充分满足现场需要的第二代"眼睛"。

哈尔滨科研所从20世纪70年代就开始了红外轴温监测系统的研制，并成功地生产出第一代产品。

张运刚就是为了第二代"眼睛"赶往北京的。

除了张运刚之外，所长江风以及其他许多科研人员已经先后多次为这件事到北京奔波了。

他们遇到的难题是，引进国外先进设备已经被同意了，现在要推翻这种决定，这远比未形成事实之前更艰难。

张运刚找到了大秦办主任谷业权。谷业权一次又一次地接待他，并十分耐心地听完张运刚要说的话。

这些话谷业权早已经听过很多遍了，但他还是继续听，并且听得很认真。因为他知道，自己对一项科研项目所抱的态度，不仅关系到这个项目的成败，而且往往会扼杀新技术或影响到铁路运输新技术的发展。

谷业权说："就拿自力更生来说，这无疑是应该倡导的，但不等于没有了前提限度。如果一项科研项目在现有条件下根本不可能自行研制，而硬要推它上马，那就不仅是浪费钱财，而且会延误最宝贵的时机！

"再说到红外监测系统，由于它是国产，是自力更生的产品就拿它去使用吗？如果它根本就起不到作用，那会给铁路运输造成多么严重的后果呢？"

谷业权接着说："但是，对自力更生就不提倡不支持了吗？也不是。无论到大秦线来投标的那些外国厂商具有什么样的素质，但是可以肯定的一点，大秦工地不是道德论坛，而是一个十分明确的商业交换和技术竞争场所。我们不能指望哪位厂家为我们输送设备而无须付款，更不能指望他们会无私地支援我们。我们必须掏钱，而钱是有限的，我必须把有限的钱用在刀刃上！该花的钱，一定要放手花，但该省的钱，就必须千方百计为国家节省！"

谷业权考虑的问题焦点就在于，哈尔滨科研所究竟有没有这个能力。

于是，谷业权便不动声色地听着，他一遍又一遍地听，努力想把所有的情况都摸清。

偶尔，谷业权也会问一些问题，他问张运刚："你们反对引进的理由是什么？"

张运刚回答："首先说，国外产品太贵，价格是我们自行研制生产的四五倍。"

谷业权说："价钱贵是事实。可如果一边是价钱贵，但确实是能够保证行车安全的好设备；而另一边是价钱便宜，但什么用也起不了的三流产品。你说说，要哪边的？"

张运刚说："当然要贵的。问题的实质正在这里，关键不在价钱，也不在引进或国产，而在于它确实能用！我们正是冲着这一点，才提出要自行研制的。"

谷业权听到这里，身子不由自主地往前倾了倾。

张运刚接着说："谷局长可能知道，20世纪70年代我们就引进过法国设备，结果呢？用不成。"

谷业权看着张运刚，示意他接着说下去。

张运刚接着说："为什么？因为中国的铁路运输和外

国的不同。国外的车辆种类少，我国的车种复杂。法国红外探头在气温零摄氏度以下就无法正常测试，它们的热轴报警只有 80 摄氏度和 90 摄氏度两个等级，并且没有什么区别滚、滑轴承的功能，这怎么能满足我们的需要呢?"

他接着说:"据我所知，大秦线准备引进的是美国公司的技术。我承认他们的技术是全世界第一流的。但能不能很好地解决我们中国铁路的具体问题，这另当别论。就算能解决，那么我们也能解决。在同等条件下，也应当优先考虑我们，因为我们价钱更便宜。"

谷业权笑了，他说:"说一千道一万，我们能不能达到美国公司的技术标准，这是核心。"

张运刚说:"我要说能，你会认为我自吹。但我要说不能，那我又的确是假谦虚了。我给你摆几个具体情况。"

张运刚正了正身子，继续说:"第一，我们从 1982 年起就已经利用微机对第二代红外系统的研制做了大量工作，对它的主要攻关目标已经全部确认，摘取皇冠只剩最后的冲刺;第二，我们对中国车辆最熟悉，对新的红外系统的应用范围心里最有数。谷局长，你说这是不是一种技术优势……"

张运刚说了一个又一个理由，列举了一个又一个事例，他越讲越细，观点也越摆越明。

就这样，张运刚一次又一次地讲，谷业权就一遍又一遍地听。终于，谷业权问张运刚:"你们干这个项目，要多少钱？"

张运刚心里猛地跳了一下，他抑制住这种冲动，心平气和地说："引进要 300 万美元，我们只要 300 万人民币，这总可以吧。"

谷业权笑了："好好准备一下吧。"

1986 年年初，铁道部副部长屠由瑞亲自召开了关于红外轴温监测系统的研制工作会议。会议在铁道部招待所四楼会议室召开。

哈尔滨铁路局总工程师朱介麟带领江风、张运刚以及工程师侯一华出席了会议。

会议一开始，江风先将哈尔滨科研所的情况以及承担科研项目的决心向大家概述。

屠由瑞说："你们的情况不用多说，我都清楚，在场的各位也都清楚。现在大秦线建设已经全面铺开了，这项工程环环相扣，一环也不能出问题。限期一到，就必须交货。交不出货，那就影响整个大局。所以问题的严重性、艰巨性，你们是不是都认识到了？"

江风、张运刚、侯一华一齐点头。

屠由瑞接着问："既然如此，你们敢不敢立军令状？"

当下，江风等三人不由被问得一愣，朱介麟坐在前面，他忍不住回头看了他们一眼。

但是，江风代表哈尔滨科研所立即就拍了胸脯：1986 年出方案，1987 年搞鉴定，1988 年出产品。如果1988 年年底交不出货，听凭处罚。

屠由瑞又转向谷业权问："你呢？你怎么看？"

谷业权笑了一下："我是具体负责这项工作的，如果到时候出了问题，首先该治罪的恐怕就是我而不是他们。"

屠由瑞也不客气："好！这件事就这样定了。"

哈尔滨科研所一行人回来以后，立即向铁路局局长汇报，取得支持，并很快由铁路局牵头，成立了一个攻关研制领导小组，由局总工程师朱介麟任组长。

江风和党委书记栾福田多次精心商议，要把最强的力量、最好的条件分派给红外系统的研制人员。

1986 年，哈尔滨科研所印发了第十号文件，文件的题目就是《关于成立车辆安全监测系统研究开发部的决定》（以下简称《决定》）。

《决定》中说：

> 研究开发部的工作已列为全所工作的重中之重。为此要求全所各部门紧急行动起来，采取特殊措施，优先为研究开发部的工作提供一切必要条件……

张运刚和汪洋立即上阵了。

他们首先冷静地估计了一下自己的力量：如果在平时，时间充裕，任务不紧，完成这一任务可以说是有把握的。但现在，大秦线卡死了时间，这就使他们必须尽快往前赶，并且必须留有余地。

他们决定采取三个办法来加强自己的科研实力，保证每一个步骤都不出现大的失误。

这三个办法：一是聘请全国各地的红外专家供他们咨询。每一项大的设计方案和关键项目，都及时与他们通报消息，倾听他们的意见。

二是用签订合同的方式与大专院校及兄弟单位搞横向协作，比如黑龙江大学、黑龙江省电子研究所等单位，以帮助分解压在哈尔滨科研所肩上的过于沉重的担子。

三是发挥专业生产厂家和科研单位的优势，委托他们分担部分研制任务，以加快进度，降低产品成本。

但是，有人却说："我们自己明明可以开发软件，干吗要让别人干？"

张运刚回答："工期紧迫，不能等待。就某些单项而言，兄弟单位的力量比我们强得多，他们只会干得更好更快。我们应当抓住主要矛盾，把精力集中在最具优势的方面，比如轴温判断这一类项目。"

张运刚继续开导说："大路朝天，各走一边，每个部门都分担着分属于它的担子朝前赶，最终会在一起，会发现这远比自己独挑要快得多、好得多。"

屠由瑞一直关心着哈尔滨科研所的工作进度。在第一次指示中，他写道：

要加快研制步伐，第一阶段的任务届时必

须完成；第二阶段的任务，力争在第一阶段时间内完成。

不仅如此，屠由瑞还亲自在批示中画出"热轴信息传输方式"图解，亲自对一些具体细节提出想法，足足写满了一页纸。

1986年3月，大秦办与有关局又将红外监测系统研制攻关以及协调落实的情况写成报告，送交屠由瑞。

屠由瑞十分认真、十分具体地作出了批示。在指示结尾他还特意写了一句：

研制进度还要往前赶，计划不变。

批示发出不到一个月，屠由瑞又亲自到哈尔滨科研所检查研制攻关情况，询问需要帮助解决什么问题。

谷业权对此则更是关怀备至。哈尔滨科研所拿出了设计方案，他亲自去听，还亲自去看刚刚建立起来的试验场所。

那段时间，谷业权只要有空就往哈尔滨跑，以致哈尔滨科研所的人都感动地说："我们这边只要感冒了，他在北京马上犯头痛。"

1986年4月，科研所买了简易活动房，在离哈尔滨约14公里的新香坊车站盖起了房子，建立起"车辆监测研究开发试验基地"。

经过七八个月的试验，汪洋带领大家计算了几十万个数据，并依此找到了判断计轴计辆的规律。

紧接着，他们开始研究如何判别滚动轴承与滑动轴承。在判断滚、滑轴承的同时，还必须赋予人工智能有判断热轴的能力。

哈尔滨科研所的科研人员为了制造出这种神奇的产品，付出了大量的心血。每天，他们为了搜集数据，推着几百斤重的模拟小车在铁道线上飞跑。他们又在小车上装置了模拟轴箱，里边灌上热水，以测试红外探头对温度的感知能力。

有人粗略统计了一下，如果把他们为摸清数据而跑的路加在一起，他们早已从哈尔滨跑到北京了！

大秦线是我国现代化煤炭运输的重要通道，其运输的发展离不开安全的保障，红外线轴温探测系统是动态监测车辆轴温的安全系统。

1987 年 11 月，按当初立军令状定下的日期，铁道部组织专家学者，对哈尔滨科研所研制的红外监测系统进行了技术鉴定。

鉴定意见中写道：

> 大秦线红外监测系统设计合理、功能齐全、技术先进、系统可靠，它充分考虑到我国车型复杂、适用条件恶劣等实际情况，具备了计轴计辆、滚动滑动轴承判别、热轴跟踪、自动补

偿等功能，在热轴探测技术上有所突破，其主要技术性能达到国际先进水平。

哈尔滨铁路局车辆安全监测系统研究开发部研制生产的红外线轴温探测系统，利用红外线温度测试原理，对运行中的铁路车辆热轴进行动态监测，可以及时地预防车辆热切轴。

大秦线红外线轴温探测系统自投入使用以来，在防止车辆热切轴方面起到了重要的作用。

新工艺生产铜电车线

1985 年，大秦线电气化铁道接触网关键设备面向全国公开招标，这时，全部职工加起来不足 350 人的泰安市电车线厂竟然也去投标了。

他们在标书上认认真真地写着：

> 我厂是电车线生产的专业厂，共有职工 346 人，平均技术等级 4.5 级，技术人员有 14 人，占全厂职工人数的 4%，其中工程师 4 人，助工 3 人……

当时，其他参加投标的厂家全是全民所有制的国家大厂，哪个厂都有数千人，甚至上万人。而且那些厂都各有上百名工程师。

而泰安电车线厂呢？不仅没有总工、高工，就是把助工也算上，总共才凑足 7 人。

有人说他们不自量力，但没有人想到，他们竟中标了！

当他们中标的消息传出时，大家都把目光转向负责招标工作的谷业权和铁道部电气化工程局的总工程师王泳昆。大家不仅是疑惑，简直是有些愤懑了。

泰安电车线厂要承担的是为大秦线生产铜导线的任务。这种导线除了在拉断力、延伸率、弯曲次数等多方面的性能有极高的要求外，还必须采取新工艺轧制，必须保证每一根长度不得低于 2000 米。

不少人说："这可是一项具有国际水平的先进技术，他们行吗？"

根据我国当时的生产技术水平，这种铜导线一根最多长度为 600 米。几百公里的线路上，完全靠焊接将它们联为一体。这里的问题是，焊头越多，事故也就越容易出现。

当大秦铁路上马时，伴随着对这条现代化铁路的高标准要求，铁道部电气化工程局提出：

> 参照日本铁路的先进技术，大秦线上的铜导线必须每根保证在 2000 米以上。

早在 1978 年，铁道部科研院曾委托泰安电车线厂试制钢芯铝合金导线。泰安电车线厂的干部足足花了几年时间，最终高水平、高质量地完成了任务。

这给铁路部门的人们留下了深刻的印象。

大秦线标书公布后，电气化工程局张荣生处长突然想起了泰安电车线厂，于是向总工程师王泳昆建议，是否可以请他们来参加投标。

王泳昆同意了。山东泰安电车线厂果然态度积极，他们一接到电报就马上来人了。

1985 年 4 月 24 日，大秦铁路 AT 供电系统成套设备科技攻关招标会在天津召开。

泰安电车线厂去参加会议的是党支部书记赵竹林、副厂长许维明和科研负责人刘嘉珊。

会上，谷业权首先向大家介绍了大秦铁路，使参加投标的各单位明白他们将承担的是一个什么样的重担，接着由各专业部门解释标书要求。

谷业权着重指出：对新产品来说，一是要保证时间，二是要保证质量，务必达到先进的技术指标。

天津会议一散，赵竹林就带着许维明和刘嘉珊赶回厂里，与大家商议。

商议的结论是，应当积极准备投标，但究竟投不投，要先调查研究。

厂长娄开渠很快带着几个人到江南一家权威单位去调查咨询。问题的关键是厂里这台轧铝的机子能不能轧铜？

一位工程师听了后，深思良久，最后说："没把握。"另一位工程师干脆摇头。

就在这时，有一位工程师很支持，他说："这种德阳机床，名称就叫连铸轧机，为什么不可以试验一下呢？我过去一直就想试验铜的连铸连轧……"

娄开渠赶紧问："究竟有没有把握呢？"

他回答："什么事都有个偶然，绝对的话那可不能乱说呀！"

还有一位亲自参加了这种轧机设计的工程师，问他是否能连铸连轧铜线，他摇了摇头。

在返回泰安的路上，娄开渠一直合不上眼。毕竟，他是一厂之长，肩上的担子最重。如果连轧机的把握都没有，还敢去投标吗？

短短一天，娄开渠的眼睛里竟布满了血丝。回到厂里，他立即召开干部会议，把情况向大家通报了一下。

大家都犯愁了。

沉默了好一会儿，才有一名干部犹豫着说："不投标吧，实在太可惜了。"

有人接着说："那就投吧。"

但有人说："投了谁知道这台轧机行不行呢？"

有人提议："能不能试验一下？"

又有人说："试验一下当然好，可万一轧机吃不住，那就毁了。"

一时间没有人说话了，是啊，这台轧机是花了 64 万元才买来的，它可是全厂 300 多人的命根子啊！

会议开了半小时，讨论的结果是：暂不投标。

这个决定大大激怒了赵竹林。这些天，他一直没日没夜地操心着、准备着，所有的心思都围绕着一个目标：怎样才能中标？

现在一听说不投标，赵竹林说："不行，当初投标是支部会议决定的，现在要否，也得党支部开会！"

赵竹林想想不对头，他又转回身来找刘嘉珊和谭业民，他们是搞技术的，得听听他们的。

赵竹林首先激将说："你们呀你们，都是工程师，将来都得评定技术职称，不在关键时候干上去，到时候凭什么给你们晋级晋职？"

刘嘉珊和谭业民相视苦笑。

这下赵竹林更来气了，他干脆说："听着，你们别害怕，出了问题我顶着，你们只管放开手脚大胆干。今晚你们俩不许睡觉，去好好算一下，轧机究竟有多大力量？到底能轧铜不能？明天早上8时，我等你们的回话。"

两个人应声而去。

他们走后，赵竹林又自己在房间里转了两个小时。慢慢地他冷静了下来：哦，不能这样激动，要冷静，科学毕竟是科学，不能光凭一腔热血蛮干。具体到这次投标，首先要解决轧机轧铜的问题。

赵竹林马上又去找副厂长赵红军，请他帮忙找出有关轧机的使用资料。

他们一翻资料，赵竹林的心里不由一阵激动，技术鉴定书上明明白白地写着：这种轧机不仅能轧铝，而且能轧铜！

赵竹林晚上睡不着，他想：明明能轧铜，那家权威单位的工程师为什么说不行呢？

后来赵竹林心里一动：对，责任！工程师们宁可说不行，也不会鼓励你去试，这是思想留下的老毛病。否则，他们要承担责任。

第二天早上 8 时，刘嘉珊准时来找赵竹林。

刘嘉珊说："昨夜我们整整算了一夜，从电机到轧机各个齿轮对扭力的承受率等都算清了，轧机力量没有问题，即使投入轧铜，也还有 40% 左右的富裕力量。"

赵竹林一听心花怒放，但他仍然努力克制着自己问："你们会不会算错？"

刘嘉珊说："不会！"

"有这个把握？"

"有！"

赵竹林说："那好，我马上召开支部会。"

赵竹林在党支部会上开门见山地说："坚决投标！"

他接着说："世界上没有百分之百的把握。我们养孩子，不能担保哪一天会摔跤，会被车撞，可没有一个父母因为这些就把孩子关起来不许上街，不许上学。现在搞改革、搞企业建设也是这样，必须拿出勇气！

"从资料上看，轧机根本不存在能否轧铜的问题。我把话说透，这件事从根本上来说，是个承担责任的问题，不干肯定不会出错，大家平平安安。可平平安安的后面是什么？吃不饱饭，连工资也很快就会开不出！"

赵竹林缓了口气说："不过干也有干的后果，万一轧机毁了，是谁的责任呢？凡事总得有个人出头，你不出头，他不出头，天大的好事也干不成。所以我说，这件事坚决干！干好了，大家都有饭吃，干不好，我赵竹林是头一名罪犯，处分受罚先是我。"

泰安电车线厂决定：投标！

当夜，许维明带着3个人赶写标书。为了中标，他们决定：一不要一分外汇；二完全立足国内设备；三产品单价决不乱要高价。

标书写好，经过讨论敲定后，当日便打印成稿，第二天，赵竹林等人带着标书上了天津。

5月26日，正式投标开始。

湖南一家国营大厂报价，要250万人民币，外加40万美元。

辽宁一家国营大厂的报价与湖南厂家差不多，但美元要70万。而其技术标准却相应要降低，2000米一根不行，是否能允许在焊接技术上下些工夫。

......

轮到泰安电车线厂报价了：美元一分不要！人民币只要110万元！

大家都感到很吃惊，而谷业权和王泳昆在吃惊之余，他们更多的是感动。

但是，不是说钱要得少就好，更不是说新产品价钱低就让他们中标。核心在于他们的产品是否能符合要求。具体来说，是能否达到日本生产的技术水平。

泰安电车线厂回答："请放心，用降低标准来投标，这种事我们不做！"

谷业权仍然不放心地问："不降低标准的具体措施是

什么？"

泰安电车线厂回答："我们厂小，技术力量薄弱，所以必须请电气化勘测设计院、上海电缆研究所等兄弟单位当我们的老大哥。这一点我们已经做了充分的工作。我们会虚心向他们求教，请他们协助我们攻关。

"再就是，我们厂设备差，尤其是检测手段差，我们已经决定了，要购进一批先进设备来保证研制。"

他们接着说："不过我们也有优势，我们是集体企业，不好好干就没有饭吃，所以我们全厂300多人现在都上下一条心，等着新产品的开发。我们就是拼了命，也得把这个项目研制成功。

"我们厂管理严格，过去我们跟铁路单位合作过，我们供的货从来不出次品，也从来不耽误时间。铁路是我们的老大哥，我们一心想在铁路上站住脚，所以我们为你们干活儿一心一意，不打小算盘，不藏埋伏。我们要用实际行动取得你们的信任。"

谷业权心里感动了，但他却仍然不肯轻易许诺。他说："好吧，我们会派人去实际考察一下，看你们是否有这个能力。"

不久，大秦办的金万武等人去了泰安，对电车线厂进行中标资格预审。

1985年9月27日，国务院重大技术装备大秦线领导小组正式下达文件，同意泰安电车线厂为中标单位。

赵竹林担任了铜导线研制攻关的总指挥，两名副手是许维明和赵红军。他们首先组织起攻关队伍，从领导到技术干部和工人共50余人。

赵竹林首先召开了动员会，他对大家说："我们搞这个新产品，背景是什么？很简单，不搞它，我们就没饭吃了。反过来，这个项目中国现在还没有，是独一家，要是搞出来了，好处也是独一份！李鹏副总理对这件事有指示，说首先立足国内。为什么这样要求？因为我们不能总跟在外国屁股后头转。现在，我们电车线厂接了任务，不接不操心，接了就得拼命！从今天开始，每一个人不许喊苦，不许叫累，只许前进，不许后退！"

1985年6月14日，第一次轧铜试验正式开始。

他们大量查找资料：山西一家工厂已经用这种轧机轧过铜了。

他们请教专家们：西安冶金学院一位教授告诉他们，鞍钢做过铜的连铸连轧试验，试验是成功的。

即使这样，在正式试验轧铜时，赵竹林仍然与大家一起动手，将轧机原本连续的15道工序分解开来，一道一道试验。这样，即使万一出问题，损失也是有限的。

试验开始了，灼热的铜水从熔炉中涌出，迅速凝为通红透亮的铜棒。铜棒顺着流水线从轧机中穿过，随后是沉重的碾压声和翻滚声。

赵竹林的心都提到嗓子眼了，无论说明书上写得多么明确，毕竟，真正的结论只能从这里产生。他紧张地盯着那通红的铜棒在有力地压轧下由粗变细，大气也不敢出。

第一道试验成功，紧接着是第二道、第三道……当最后一道试验也获得成功的时候，大家终于轻松地吐了一口气。这时，他们才感觉到灼人的高温，开始向后退避。

可赵竹林却没有松气，他和一直守在现场的娄开渠、许维明等人商量了一下，立刻开始了15道工序的组联试验。

直到这次试验成功了，赵竹林才发现自己身上的衣服已经被汗水湿透了，而那只受过伤的腿因为站得久了，也在隐隐作痛。

接着，他们却遇到了铜精炼时的浇铸问题，炼了几次都出不来精炼铜。

他们请洛阳铜加工厂的专家来，又请山东工业大学、山东大学、山东矿业学院……

那些天，赵竹林一直守在炉旁，失败一次，他们围着炉子琢磨研究，接着再炼，又失败了，又继续研究。

全厂职工把他们的行动看在眼里，都受到了感染，每天一上班，大家都相互问："怎么样，炼成了吗?"

党团工会全都行动起来了，他们每天组织人把豆浆油条和降温汽水送到现场。而家属们为了让职工不分心，干脆把饭直接送进车间。

那时候，他们都拿出了决一死战的劲头，连退休的老工人也回来了，下了头班上二班，谁也不愿回去。加班没有加班费，更没有什么奖金。大家饿了就吃块煎饼，困了就用凉水洗洗脸，家里人不放心，都跑到厂里来看，这样，还是没有回去。

当时车间温度有 40 多摄氏度，二氧化硫把每个人呛得都哑了嗓子，说话都是拼命喊。

有的人被铜水烫伤了，有的人胃病犯了，好几个人的眉毛、胡子都烤焦了，可谁也顾不上这些。大家都好像在战场上杀红了眼，想停止都停不住。

当时最不好过的是赵竹林，他比谁都急，但光急不行，他必须保持冷静。那些天，大家眼看着他瘦下去一圈。

有多少次，赵竹林眼眶血红，他声音嘶哑着让大家吃饭，多吃一点，可他自己却一口不吃。

有一次，赵竹林连续干了几天，累得东摇西晃，被搀扶着坐下休息，炊事员为他煮了碗面条端来，他拿筷子扒拉了两下，怎么也吃不下去。

炊事员说："赵书记你好歹得吃点，不吃饭不行啊。"

赵竹林拿起筷子夹了几根面条，但就是吃不下去。最后，只好放下碗，让炊事员端回去。他说："怎么这么难呀，打鬼子我没死，这个炼铜可活活要了我的命！"

1986 年 8 月 16 日，泰安电车线厂铸造工艺全部试验成功了！

赵竹林、许维明以及那些连续苦干的工人们望着这胜利的果实，他们既不欢呼雀跃，也不眼含热泪，他们衣衫褴褛，神情麻木，一个个瘦得全都脱了形。

一个星期后，他们正式生产出了两盘长达 2000 米以上的铜导线。

赵红军领着质检科长火速赶往上海，找到机械部权威仲裁机构——上海电缆研究所做质量测验。

测验结果全部合格，其中多项指标已经超过日本的标准。

两个月后，大秦办会同山东省科委邀请全国同行业专家、学者以及工程技术人员在泰安市召开技术鉴定会。

大家一致认为：指标无疑已达到日本先进水平！

很快，中央人民广播电台播出了这个消息，又专门加了编后语，盛赞泰安电车线厂。

不久，《人民日报》《经济日报》《人民铁道报》《大众日报》《科技新闻报》等多家报纸转载了这条消息。

1986 年年底，国务院重大技术装备领导小组办公室在送交中央常委、书记处、国务院各领导以及薄一波等的工作简报中，用《大秦铁路连铸连轧电车线性能达到或超过日本国标准》为题，专门介绍了铜电车线的研制情况，介绍了泰安电车线厂。

简报中说：

> 泰安电力机车线厂在国内首次采用连铸连轧新工艺研制成功大截面、无焊接铜电车线，主要性能指标都达到或超过日本国铁标准。11

1987年5月12日至15日，北京铁路局天津分局丰润供电段将泰安电车线厂生产的铜导线挂线安装完毕，并于当天正式开始运行。

4个月以后，丰润供电段进行现场测试：共运行了4680方架次，平均磨耗率为0.4231平方毫米，使用年限大大超过日本！

招标建设光缆通信设施

1984 年初，铁道部科学院通信信号研究所和铁道部通信信号公司开始论证：大秦线究竟上什么样的通信设施为最佳？

当时，世界上只有美国、日本、西德、法国等少数几个国家上了光缆通信。虽然有些人已经敏感地提出：光缆通信的发展极可能导致整个世界掀起第三次工业革命的浪潮，但绝大多数人还是抱着半信半疑的观望态度。

大秦线的建设者们通过论证的结果是：同意上光缆通信。

意见正式提出后，有人担心，有人犹豫，有人反对。

为了做到万无一失，许多专家们都认真地准备好自己的意见反复讨论、比较、权衡、研究。

作为研究和使用通信设备的专业大户邮电部，从一开始就捕捉到通信方式即将产生新飞跃的信息，他们从很早就提出上光缆通信，以促进我国通信事业迅速发展。

当光缆通信被反复讨论后仍然拿不准是上还是不上的时候，李鹏将大秦办、铁道部电务局等负责人找去，亲自听取汇报。

大家分成两种意见：同意的和不同意的。

同意的当然提出这样可以使大秦线成为一条真正的

现代化铁路。

而不同意的意见认为：

1. 光缆通信是一项新技术，花钱多。

2. 铁道通信设备属于站后工程，不可能在线路没铺轨、站舍没盖起之前就搞。另一方面，它又必须在全线各项工作完成之前抢先完成，以便为工务及其他部门提供通信联络的设备。而大秦线的工期是卡死了的，显然，困难太大，弄不好一根筋拖住了一条腿。

3. 光缆通信传输能力很大，优点很多，而铁路上毕竟用量有限，是否有必须允许浪费？

究竟上不上，首先是两种道理的权衡。

李鹏站起来拍了板：上！

李鹏说：

> 不仅仅是由于上的利大于弊，更具有意义的是，光缆通信已在全世界范围内兴起，它势必引发通信设备上一场革命。中国或迟或早要迎接这场挑战，既然如此，就应当尽早迈出这开发新技术的第一步。

李鹏还特意委托国务院电子振兴办公室亲自抓大秦线的光缆通信，建议将中国生产此类产品的企业都找来投标。

这一决策，促使我国光通信技术由小范围、小系统的零星突破进入到一个大范围、大系统内的广泛推行，它对整个中国通信事业的发展起到了巨大的推动作用。

但是，困难接踵而至，许多难关摆在了眼前，于是有人又提出：还是搞铜轴电缆吧，熟门熟路，有绝对把握，光缆通信毕竟没有摸过，可以让科研单位去琢磨。

屠由瑞态度很坚决，他说："哪有碰到困难马上就后退的？坚决上！"

1985年11月8日，国家计委把关于复议大秦线光缆通信工程任务的报告书送到李鹏手里。他当即批复：

> 此事定下来，坚持按此贯彻，不再反复。
> 在执行中争取更好结果。

没有了退路，向前迈进的路就变得容易开辟多了。

大秦办集中了周孝先、王励、邓华、徐家骏、苏治国、戴未央等一批优秀的专家来研制这个项目。

1986年6月10日，中国仪器进口总公司受铁道部物资局的委托，向欧美、日本等国的19家厂商正式发出大秦线西段光缆数字系统设备采购询价书。

8月份，美国、日本、英国、芬兰、西德、法国、瑞典、荷兰等19家厂商陆续寄来报价与技术建议书。

8月19日，北京金秋将至，但气候却依然炎热。铁道部大秦办、电务局、物资局分别和铁道部科学院集中人员，进行评标议标。

大秦办很注重谈判组成员的素质，他们和电务局一道，组织了科研、设计、工厂、施工等单位的技术人员，组成技术谈判组。

谷业权提出了"统一领导，全面安排，固定人员，集中议标，内部协调，一致对外"的原则。

很快，5个评标组宣告成立，共有29名专家组成。

9月上旬，谈判正式开始了。

一项光缆通信牵涉到许多辅助项目，走遍世界，还没有一家厂商能够独立生产这套系统的全部设备。

因此，如何承包既是个复杂的问题，也提供着多种选择。

当时，日本有一家公司想总承包。

对中方来说，由外国某家公司总承包是最省事、最轻松的办法，但同时也是最不负责任、最恶劣的选择。因为，仅各类辅助项目的中间盘剥，就要多花很多外汇。

而更重要的是，我们也将失去学习和实践新技术的机会。

中方问日本代表："请问对中国铁路区间的供电系统你们了解吗？"

日本代表回答："不了解。"

中方接着问："那么，对中国运输的组织方式和配合关系呢？"

对方回答："也不了解。"

一连串的问题，让日本代表不得不放弃总承包的想法。

当年 28 岁的邓华担任程控交换设备的单项负责人，并任该项目谈判组长。为了不打无准备之仗，他首先主持编制了招标引进规格书。他悉心研究，逐项推敲，夜以继日，使这份规格书成为各单项规格书中条款最详细、最严谨的技术文本。

为了专心谈判，邓华还推迟了婚期。

邓华深知：谈判不仅要热情积极，而且要坚持原则。不仅要知己，而且要知彼。不仅要有智力上的争斗，而且还要有体力上的较量。

有一次，邓华累得浑身发软，他感到头晕眼花，于是到走廊上找到周孝先说："劳驾你先顶一阵，我换口气。"

邓华曾经因此而病倒过，但他从没有退阵过，硬是用意志、用道理、用分析说服了外商，将报价中信息研制开发费、项目管理费和工厂测试费全部免去。

徐家骏主谈低速数据传输和传真电报机的引进攻关。

在谈判中，英国一家公司偶尔说了一句："中国银行买过一套我们公司的产品，并已经开通使用。"

徐家骏对此立即敏感起来，他高度重视，抽空和几个人赶到中国银行，果然，他们用的是这家公司的产品，使用情况一直很好。

不过，中国银行说："但是，每增加或更换一个信息源点，每动一下软件，都需要英国人来。"

徐家骏就与其他人猜想："他们为什么交硬件不交软件？有两种可能：一是软件是技术核心，他们想封锁技术，从而长期控制市场。二是担心中国人水平低，怕搞坏了软件。"

但无论哪种可能，这都是行不通的，这等于买来了产品却没买来技术。

而具体到铁路上，情况复杂多变，需要经常对软件进行新的开发。

于是，徐家骏在谈判中坚持引进产品的同时必须引进技术，不达目的绝不罢休。

苏治国主谈数字区段系统，这是铁路通信设备中最复杂的一个系统，虽然多次解释，但外国人仍然摸不到头绪。

于是，苏治国为他们详细介绍，前后讲解了几十次，一边讲一边画图，画了几十张图，总算使外商们对如何建立一个适合中国国情的通信网络有了清楚的概念。

那一段日子，北京二里沟的谈判大楼身影不断，进进出出的人们脚步匆匆。

谈啊谈，第一轮谈完又接着第二轮谈，近 20 家厂商被筛选到 10 家左右。

经常谈到下班时间已经过了，整个大楼一片空荡荡的，就只剩下他们还在谈。

外商们拼命想抬高价钱，中国人拼命要压低价钱，双方都在尽最大的忠诚为各自的国家服务。

一直谈到深夜了，外国主谈手面带愁容，他到走廊上抽烟休息，并不停地走来走去。

中国人也出去了，结果碰在一起，相视友好地一笑。

外国人说："不瞒诸位说，我很发愁。"

中国人也说："都很发愁。"

外国人急切地做着手势："不，你们不懂，我是个新手。我到这个公司还没有 3 年。你们现在坚持要写上这种条件，将来不出问题还好，万一出了问题，我就要被解雇了。"

中国人也很理解他们，于是双方就静心研究，哪些我们可以负责，哪些我们没有把握，如果他们不承担责任，那就真的谈不成了。

双方都拿出最大的诚意，本着诚意合作，事情就很容易解决了。

10 月份，谈判已经渐渐深入，外商千方百计说服中国方面按他们的标价招标，中国方面用各种恰当的理由让他们大幅度地压价。

11 月份，各厂家的竞争也达到了高潮，新的标价书和技术建议一份份地送来，谈判频率明显加快了。

铁道部大秦办、物资局、电务局的领导和主管人员日夜盯在现场，及时召开中方会议，确定选厂原则，听取评标汇报，分析可能出现的问题并迅速采取相应的措施。

通过谈判和考察，外国厂商充分认识到中国是个大得惊人的市场，不打入这个市场的企业家是没有眼光的企业家。所以在这种冲刺阶段，他们都拿出最大的干劲儿力图中标，争夺非常激烈。

当时，不少厂商的高级人员飞抵北京，要求与中方直接会谈。还有的厂家被淘汰后仍不甘心，反复递交新的标价，要求中方同意恢复谈判。

西德 SEL 公司与英国厂商互为对手，为了夺标，SEL 公司召开最高紧急会议，决定向中方提出再降价，以及免费服务、免费培训中方人员，对中方实行优惠的技术转让等措施。

SEL 公司总经理还坚决取消了去非洲的计划，专程飞赴北京。他向中方表示：如果这次投标失败，他们将撤销驻北京的办事机构，打道回国！

而在另一组谈判中，芬兰厂商与英国厂商相互争夺。12 月上旬，两家重新返回的标价接近，技术方面各有优劣。

中方紧急召开会议，决定再让两家重报，择优选型。

第三轮谈判中，英方突然大幅度降价。

中国方面抓住有利时机与芬兰再谈。

此时，芬兰厂商已经无力再论价了，只好同意压掉 74 万美元。

1985 年年底，谈判结束，在综合考虑了各厂家设备的先进性、经济性、成熟性、可靠性和技贸结合等因素后，1986 年元旦，签约工作正式进行并很快完成了。

1987 年，光缆通信已经逐渐被人们认识和接受。这一年，在北京中南海召开的光通信专业会议上，与会专家对大秦线光缆通信项目给予了很高评价。

国务院电子振兴办公室在 009 号文件中特别指出：

> 铁道部精心组织了大秦线光通信工程的国外咨询、谈判、应用研究、设计等，通过初步的实践活动，积累了经验，锻炼了人才，从而不但促进了铁路光缆通信的应用，而且也对光缆通信在我国的开发应用起了带动和推动作用。与会同志一致赞赏铁道部敢于担当一定的风险，首先采用新技术的远见和魄力……

外国专家协建大秦线

建设大秦线上的光缆通信，日本电信电话公司派出了专家组，组长是寺内贤一先生。

20 世纪 80 年代初期，国务委员张劲夫到日本访问，当时，光缆通信正在蓬勃兴起，日本已经迅速建设起了3000 多公里的光缆通信线路。

张劲夫格外敏感地意识到，这是一件需要特别加以重视的事，于是，他向日本电信电话公司提出："能否派些专家到中国，为中国光缆通信事业的发展做些贡献?"

寺内贤一把大秦建设当成自己公司的事业，处处认真负责，给中国人留下了极深的印象。

寺内贤一常常是啃着干面包去工地，发现问题立即毫无保留地向施工人员提出。如果仍然解决不了问题，他就拿起照相机一一拍照，然后交给铁道部领导，指出问题，要求严格标准，该推倒重来的一定要下决心推倒。

在光缆设施埋放的时候，中方技术人员对光缆耐接力究竟是多少吃不准，寺内贤一便站出来说:"300公斤!"

中方人员不放心，一旦按这个指标施工出了问题，是要承担责任的，于是问:"有没有把握?"

寺内贤一毫不犹豫地说:"有!"

中方人员还是在心里嘀咕：如果 300 公斤这个指标写小了，会影响质量；定大了，会造成浪费。

寺内贤一看出了中方人员的疑虑，他举出种种实例来说明，直到中方人员完全放心。

当大秦线光缆通信系统成功开通运行之后，中国各家报社争先发布了消息。

除了日本派出的专家组，还有芬兰诺基亚公司的专家们，也给中国人留下了深刻印象。他们对工作之尽心，服务态度之好，使中国人不仅感动，而且简直是震惊。

春节期间，中国人都回家过年了，只有他们仍在现场工作。中方人员劝他们，他们很友好地说："你们过年了，祝贺你们。可我们芬兰人不过这个年，所以我们不能离开工作。"

为了加快进度，他们中午连饭都不吃，只吃几块饼干，喝几口饮料，更顾不上休息。

有一位专家在施工中突然接到父亲去世的电报，他心里非常难过，一连几天都吃不下饭，只要一闲下来，便面朝故乡的方向默默地流泪。

中方人员理解他的心情，劝他回去看看，他几度犹豫，最终还是决定留在工地。他说："人死了，不能够再复生，我回去也没有意义，而工作却任何时候都是必需的。你们工程这样紧张，我怎么能因为私事走掉呢？"

当时，这些外国专家虽然职责上有总体的要求，但并没有限定具体任务。对他们而言，干多干少，干好干坏，伸缩性极大。但他们仍然废寝忘食，夜以继日，并不因为不必担心工期而放松自己。

在大秦铁路工地，许多人都很熟悉瑞典专家奥克·埃里克森和他的中国学生。

瑞典人有芬兰人的质朴和实在，也有瑞典人自己的善良与平和。

奥克·埃里克森是瑞典阿特拉斯·科普柯公司的一员，他1985年来到中国，当时，中国购买了该公司生产的液压凿岩台车，准备在大秦铁路隧道中使用。于是，埃里克森作为使用维修技术方面的高级工程师，被派往中国进行辅导。

埃里克森长得高大魁梧，有着极为严格的生活规律。晚饭后，他19时整便躺下睡觉，到零时，也就是瑞典的清晨，他必定起床收听瑞典广播之后再睡。第二天早上6时起床，洗漱完毕，两块面包一杯牛奶下肚，然后就一头扎入工作。

埃里克森在大秦铁路工地的任务是向中国工人们传授技术。大秦铁路工程指挥部专门开办了培训班，由埃里克森讲课。

埃里克森面对着一群黄皮肤的学生，他感到既兴奋、好奇，又有些忐忑不安。

埃里克森觉得，中国学生很守规矩，只要埃里克森一开讲，他们就全都打开笔记本，刷刷地开始记笔记。

埃里克森说："这种勤奋、认真和虔诚，是我在其他任何国家都没有遇到过的。"

但是，埃里克森又觉得很奇怪：这些学生为什么很少提问题？更没有谁和他争论呢？难道这就是东方人的矜持和羞涩？

埃里克森还发现了很多有趣的事情：在西方，目的是主要的，做任何事情，都首先应当目的明确；而在中国，似乎更看重过程。

更有趣的是，对一个施工人员的评价并不看重他掌握技术和掘进的尺度，而是看重他的态度。他如果干得很好，但不小心开了句不恭敬的玩笑，那便不被重用。而如果他干得不好却认认真真的，也照旧会受到夸奖。

除了不解、困惑和产生的些许遗憾外，埃里克森对中国充满了好感。

当埃里克森驾驶着台车开往工地时，他简直被那种盛典般的气氛惊呆了：在他们的面前是公安警车、摩托车开道，后面是军用吉普车尾随，而他自己的这台车则披红挂绿，醒目地被居中保护。

当埃里克森把这台车从白家湾隧道出口转到进口那天，无数工人列队两旁，朝他鼓掌和欢呼。

这一瞬间，埃里克森觉得一股暖流涌上心头。但他清醒地知道，这不是他有什么了不起，而是中国人开始懂得尊重科学，懂得尊重先进设备和技术。

埃里克森在异国他乡受到特殊的尊重，他对自己的工作更倾注了全部的热情。他出入于白家湾隧道、河南寺隧道、大团尖隧道等，几乎天天都在幽暗的隧道里，在这台车的操纵室里度过。

埃里克森不抽烟不喝酒，当他在五处九队吃饭，指导员吴纪太要跟他碰杯时，他便把满满一缸子茶水端起来代酒。当吴纪太同意时，他一口一口不停地喝，直到对方满意为止。

埃里克森不放心他那些中国学生的工作，所以总是自己操作台车，每天一进洞就是八九个小时，弄得满身泥水满身汗。

后来，埃里克森慢慢发现，他的这些学生并不比他差了，让他们操纵台车施工，竟比他更快、更敏捷。埃里克森竖起大拇指，连声说："OK！"

埃里克森先后去过 28 个国家，遍及西欧、非洲、亚洲、南美等。早在 1978 年中国水电部在突尼斯承包的工程中，他就开始与中国打交道。

但是，当埃里克森来到桑干河谷这些隧道时，他才真正感觉到困难重重：断层、破碎带、流沙、石灰岩、花岗岩、特坚岩等，地质情况就像中国人说话一样复杂。

埃里克森为了摸透情况，不误工作，他天天泡在隧道里，从不当场外指导，只要一进洞，他常常忘记了吃饭，或者根本就不去吃饭。

第一次试车，钻头被石头卡住，埃里克森爬上爬下地去掏，掏出来后又接着刚才的程序干。

从上午一直干到下午两三时，大家全都饿了，他却没有一丝感觉。

后来大家让翻译告诉他："该吃饭了。"埃里克森却怎么也不肯，逼急了他说："不吃！我没有这个习惯！"

最后，十八工程局局长景春阳派人为埃里克森送饭来，他还是不吃，一直干到17时，这才下了台车……

瑞典阿特拉斯·科普柯公司香港分公司服务部经理拉克森丁乘飞机赶到十八局驻地，为埃里克森专门送来大蛋糕。

清晨，拉克森丁和翻译等一行4人便来到埃里克森门前，高声唱起祝寿歌。

周围的人们都被惊醒了，以为出了什么事，慌忙走出来打听，这才知道，那天是埃里克森60大寿！

这个消息在埃里克森的学生中立即引起了轰动。

但埃里克森却并没放下工作。当他从台车上下来的时候，已经等候很久的学生们一拥而上，差点儿没把他从台车上抬下来。

人们纷纷欢呼着向埃里克森祝贺：

"祝你幸福，埃里克森老师！"

"祝你长寿，埃里克森老师！"

"生日快乐，埃里克森！"

"埃里克森，你是我们的楷模！"

"埃里克森，我们叫你好老头！"

埃里克森从来没有经历过这样的祝寿，他声音直颤抖，不停地说："谢谢你们，谢谢，我的朋友！"

1986 年 2 月，埃里克森要起程回国了。临行前，他心情十分惆怅，依依不舍地和朋友们告别。

举行大秦铁路通车典礼

1988年12月28日，大秦铁路一期工程胜利开通。李鹏亲自参加了通车典礼。

李鹏手执剪刀，缓缓地走向那精心编结成花团的彩带。他神情凝重地向四周望了望，然后缓缓落剪。

"咔嚓"一声，彩绸应声而断，李鹏迅捷地举高剪刀，有力地扬起手臂，仿佛在欢呼一个巨大的胜利！

全场顿时响起热烈的掌声。

大秦铁路一期工程大同至河北省三河县大石庄，长410.8公里。

1992年12月21日，大秦铁路二期工程及全线开通典礼在秦皇岛北站举行。

全国人大常委会委员长万里为开通典礼剪了彩。国务院副总理田纪云在开通典礼上讲了话。

田纪云说：

> 大秦铁路是我国西煤东运的战略动脉。一期工程开通4年来，已累计运煤1.3亿吨，社会效益与经济效益十分显著。
>
> 现在全线开通后，将进一步发挥大通道、大运量的重载优势，这对确保晋煤外运，加速

施工建设

117

神府、东胜、准格尔煤田的开发，缓解华东、华南地区用煤紧张的局势，具有重大的战略意义。

大秦铁路投资 66.5 亿元，是我国建成的第一条双线电气化开通重载单元列车的运煤专用铁路，综合技术水平和运输能力达到了 20 世纪80 年代国际水平，标志着我国铁路重载技术和运输组织向现代化迈出了重要一步。

大秦铁路二期工程是一期工程的继续和延伸，全长242.2 公里，西起大石庄站，途经河北省、天津市的三河、蓟县、玉田、遵化、迁西、迁安、卢龙、抚宁等地，最后抵达秦皇岛三期煤码头。

本书主要参考资料

《国史全鉴》本书编委会编 团结出版社

《共和国要事珍闻》郑毅 李冬梅 李梦主编 吉林文
　史出版社

《乌金通道——大秦铁路建设工程纪实》周文斌 刘
　路沙主编 广西科学技术出版社

《大秦重载铁路电务技术与应用》武汛主编 中国铁
　道出版社

《大秦铁路重载运输技术》耿志修编著 中国铁道出
　版社

《大秦线 GSM－R 无线通信系统设计》王芳著 北京
　交通大学出版社